诺贝尔文学奖作家文集·夸西莫多卷

主编／张　谦

水与土

[意]萨瓦多尔·夸西莫多／著

吕同六　刘儒庭／译

ACQUE
E
TERRE

漓江出版社

·桂林·

"诺贝尔"与漓江血脉相连

——"诺贝尔文学奖作家文集"序

张　谦

　　"诺贝尔文学奖作家文集"从 2015 年 10 月问世，迄今已囊括 30 位诺奖作家作品，出版平装本 4 种、精装本 43 种，在制及储备选题 30 余种，成了读书界一个愈加引发关注的存在，被读者区别于漓江①之前的"老诺""红诺"，亲切地称为"黑诺"②。所以，确实到了一个梳陈、小结我社"诺贝尔文学奖作家文集"出版情况，向大家汇报的时间点。

　　"诺贝尔"是漓江的基因和脉动，是时光深处的牧歌，是漓江人为之集结的号角。中间我们有过十来年的停顿和涣散，"诺贝尔"不知道去哪儿了，历史的演进回环往复，背阴面的不可理喻，本身就是存在的冰冷逻辑。2012 年我回到社里，开始几年做不了什么事，

---

① 　无特殊说明，此文中均指漓江出版社。
② 　"老诺""红诺""黑诺"，不同阶段漓江版"诺贝尔"系列丛书。"老诺""红诺"均指"获诺贝尔文学奖作家丛书"。"老诺"（精、平装）的装帧设计者是翁文希，奠定了读者心中最早的漓江版"诺贝尔"品牌形象；"红诺"（精、平装）是上海装帧设计家陶雪华的设计，启用烫金元素，与微呈橘红色的封面相映生辉，彰显气派；"黑诺"（主推精装）指"诺贝尔文学奖作家文集"，是我社主力美编、装帧设计家石绍康的设计，内敛雅致，独具匠心，以黑色为主体衬色，烘托出作家肖像的大师气场。

当时的社领导提醒说："不要搞什么套书，一本一本地做！"所以 2015 年 4 月最早出来的加缪《鼠疫》平装本，上面没打丛书名。也是 2015 年 4 月，我被接纳为社班子成员，担任副总编辑。2015 年 10 月，第一本落有"诺贝尔文学奖作家文集"（以下简称"作家文集"或"文集"）丛书名的图书诞生了，它是加缪《西绪福斯神话——论荒诞》（平装本）。当年年底，刘迪才社长到任，带着上级管理部门"把漓江做大做强"的精神，旗帜鲜明抓主业，抓核心板块和漓江传统优势外国文学品牌。"作家文集"在 2016 年接续做了两本"加缪卷"平装本《局外人》和《第一人》以后，开足马力做精装。记得问世的第一个精本，是美国作家辛克莱·路易斯的《大街》，拿到样书的那一刻，直觉告诉我：路子对了。

然而并不是找对了路子就没有繁难，是的，时代变了，市场变了。在对诺贝尔文学奖新晋得主的追捧几成赌局的当下，文学出版即便携资本入场也不够了，成了资本加运气的博弈。此时回过头来再看上个世纪八十年代的漓江，那出版江湖中的一抹清流，乘着改革开放的春风，在中国图书市场所开创的"诺贝尔"蓝海，抓住了稍纵即逝的"窗口期"，成就了不可复制的"漓江现象"①。

"书荒"时代进场，带领漓江同仁做"获诺贝尔文学奖作家丛书"的刘硕良前辈，"使得建社不久又偏居一隅的漓江出版社，以有计划和成规模地推出外国文学优秀作品，很快成为全国外国文学方面的出版重镇。这是一段值得人们津津乐道的出版佳话，也是一个

---

① 见李频《改革开放出版史中的"漓江现象"》，我社即将出版的《围观记》序一。

值得大书一笔的出版传奇"①。改革开放伊始，解放思想，实事求是，读者重新经历了思想启蒙，无异于继十九世纪末严复翻译《天演论》以后国人再次"睁眼看世界"，"我们没有失去记忆，我们去寻找生命的湖"②。漓江当时提供给读书界的诺贝尔文学奖读物，重在一人一卷的快捷出场，速成阵容，从小对史、地感兴趣的刘硕良，围绕题中之义，于无形中给读者提供了第一印象的新鲜概念和地图式导览。从 1983 年年中开始推出诺奖丛书头四种——《爱的荒漠》《蒂博一家》《特雷庇姑娘》和《饥饿的石头》③，到二十世纪末，总共出了八十余种。"让中国读者了解到世界上除了巴尔扎克、托尔斯泰、高尔基，还有很多优秀的作家，诺奖作家就是其中很重要的一个组成部分。"④

那是一个百废待兴，连常识都需要重新建构的时代。彼时，压力来自外部，更多以阻力形式呈现。"漓江的开拓并非一帆风顺，诺贝尔丛书的上马就遭到一些大义凛然却并不甚明了真相或为偏见所左右的人士的非议"⑤，但形势比人强，改革开放的大潮激浊扬清，建设的主流压倒了破坏，给各行各业满怀豪情的建设者提供了施展才华的空间。漓江因此而实现了勇立潮头满足读者的需要（而且读

---

① 见白烨《"围观"与"回望"的意义》，我社即将出版的《围观记》序二。
② 见北岛诗作《走吧》。
③ 其中《爱的荒漠》和稍后出版的《我弥留之际》《玉米人》一起，荣获新闻出版署主办的首届全国优秀外国文学图书奖一等奖。
④ 见《一个闪亮的名字联系一个时代的文学记忆——刘硕良：把诺贝尔介绍给中国》，《新京报》记者张弘采写，2005 年 4 月 5 日《新京报·追寻 80 年代》。
⑤ 见刘硕良《改革开放带来的突破和飞跃——漓江出版社诞生前后》，《广西文史》2008 年第 4 期。

者面很广，工农兵学商[①]），并与未来将要实现影响力的成长中的各界精英达成了精神源头的水乳交融和灵魂共振——很多后来成名成家人士，皆谈及上世纪八十年代受过漓江版外国文学图书滋养，有的几度搬家，甚至远涉重洋，至今书架上仍小心珍藏着漓江的老版书。

就这样，我们前有光荣的家史，前辈的激励，后有加入世贸组织后对于头部资源的白热化市场竞夺，有业界同行在经典名优赛道的竞相追逐，想要在其中脱颖而出，确非易事。当初外在的压力，变成了现在内在自我提升的动力：你敢不敢自己跟自己比，有没有勇气和能力对标漓江光辉岁月，提振传统并发扬光大？种种繁难之下，依然得努力往前走，这也便是人生的挑战和乐趣所在。

今年是做"诺贝尔文学奖作家文集"的第八个年头，也是我正式就任漓江总编辑的第一年。九十高龄的刘硕良老师从年初就开始屡屡打电话给我，让我挂名该文集的主编。我一直坚辞不受。"诺贝尔"差不多是漓江的图腾级存在，我只是站在前人的肩膀上继续仰望星空，尽本分做点添砖加瓦的事情，岂敢妄自掠美。即便是当年主编"获诺贝尔文学奖作家丛书"的刘老师，退休以后也就功成身退，不再在漓江版"诺贝尔"上挂主编名。这几乎是中国当下通行的国情。也就是说，"作家文集"出版八年，眼看渐成气候，却没有任何人挂主编名，只是在翻开每本书的卷首，有一页"出版说明"——

[①] 见《"获诺贝尔文学奖作家丛书"读者反映》，刘硕良著《三栖路上云和月——为新闻出版的一生》，漓江出版社，2012年9月1版1次。

"诺贝尔文学奖作家文集"系我社近年长销经典品种，是对二十世纪八九十年代我社品牌图书、刘硕良主编的"获诺贝尔文学奖作家丛书"的继承与发扬，变之前一人一书阵容为每位作家多卷本。如果说老版"诺贝尔"是启蒙版，那么新版就是深入版，既深入作者的内心，也满足读者的深度需求，看上去是小众趣味，影响的是大众阅读倾向。这就是引领的意义，也是漓江版图书一贯的追求。

然而吊诡的是，如果用因退休机制的作用被动不在场的刘老师，来为正在进行时的"作家文集"的无主编状态背书的话，我忽然发现，并不能自圆其说。同时，自己在班子任上八年，如果不依规依制给该文集一个担当和交代，那所有参与这套丛书出版的漓江人，就会变成一个失语的群体，八年来大家的辛苦鏖战，也会失去应有的分量和表达，转瞬消失于历史的虚空当中。于是和刘社长达成共识：丛书是本届班子主持做的，主编由我来挂，即便过些年轮到我也解甲归田，在岗一天就要担当一天，就由我这个亲历者来理一理来龙去脉吧。

加缪是一切的开始。无论从作品的分量还是作家的魅力，尤其是在年轻人里的观众缘来考量，作为撬动一套书的支点，加缪都是不二选择。更何况，2015 年我们推出《鼠疫》时，加缪作品刚刚进入公版期没几个年头，真乃天无绝人之路！

我试图通过加缪获得一种视角，这个视角能穿透我所生活的海量信息时代貌似超级强大的无限时空，定位非中心城市的个人存在意义。①

　　这里的"个人"，也喻指在时代的洪流中需要敲破坚冰重新出发的漓江。加缪卷我们出了五种，论品种数是文集中比较丰满的——《鼠疫》《西绪福斯神话——论荒诞》《局外人》《第一人》《卡利古拉》，除了前四种既做了平装，也做了精装，后面品种一心一意只做精装——因为相信在优质精品道路上的勠力追求，一定可以加持图书的可收藏性。《鼠疫》《局外人》《第一人》是存在主义文学大师加缪的小说代表作，而 2018 年 10 月推出的《卡利古拉》，则是文集中比较少见的戏剧品种，它和哲学随笔《西绪福斯神话——论荒诞》一起，使加缪卷作为诺奖作家的小文集，实现了文体多样化方面的鲜明追求。这个追求在福克纳卷上继续得到体现，福克纳卷截至目前一样出了五种，除了国内读者熟知的经典——李文俊译《喧哗与骚动》《我弥留之际》，还补充了国内首译《士兵的报酬》《水泽女神之歌——福克纳早期散文、诗歌与插图》和《寓言》。其他品种数达到四五种体量的，还有路易斯卷、纪德卷、斯坦贝克卷、丘吉尔卷、泰戈尔卷、显克维奇卷。两三种的有黛莱达卷、米斯特拉尔卷、聂鲁达卷、吉勒鲁普卷、梅特林克卷、拉格奎斯特卷、蒲宁卷。由于受限于作家本身的创作规模以及我们发掘的速度，目前尚有普吕多

_____

① 见沙地黑米（本名张谦）新浪博客读书笔记《在隆冬知道》，2015 年 6 月 5 日。

姆、吉卜林、艾略特、保尔·海泽、塞弗尔特、叶芝、拉格洛夫、皮兰德娄、夸西莫多、蒙塔莱等卷只是单一品种的体量。当然，每位作家小文集的规模（品种数）依然是活性的，现状的陈述并不能规定未来的变化，我们的核心思路，是每位作家做三至五种。

由于漓江推出的诺贝尔文学奖获奖作家都是外国作者，所以出版"作家文集"有一个不可避免的环节，就是要找到合适的译者。唯有如此，才能将诺贝尔文学奖作家作品尽量以"信、达、雅"的方式介绍给国内读者。

在译者的选择上，我们注重新老搭配。托前辈的福，漓江拥有的传统译者资源称得上是国内"顶配"。老一辈翻译家令人肃然起敬，他们往往具有很深厚的文学素养和优雅的个人修养，译文水准很高，经得起岁月的沉淀和时间的考验，我们非常珍视与他们的合作。而年轻一辈的翻译家也有优势，他们的语言和思维都能贴合当下读者的习惯，亦多全球化背景下的旅居、旅行，能较多接收并释放当下外国文学和文化的辐射，在对原著文化背景、思想内涵的传达体现上，能有推陈出新的理解。

"作家文集"最先启动的加缪卷，用的就是漓江译者老班底里的李玉民译本。其他像潘庆舲、姚祖培合译辛克莱·路易斯《巴比特》，李文俊译福克纳《我弥留之际》，黄文捷译黛莱达《邪恶之路》，赵振江译米斯特拉尔《柔情》，王逢振译赛珍珠《大地》，杨武能译保尔·海泽《特雷庇姑娘》，都是"老诺"阵容里的保留节目。在"黑诺"里，漓江与这批王牌译家译作再续前缘。此外，"作家文集"还见证了一代翻译家的成长——胡小跃译普吕多姆《枉然的柔情》，裘小龙译叶芝《第二次来临——叶芝诗选编》，分别是"老诺"里普吕多姆《孤独与沉思》和叶芝《丽达与天鹅》的升级版，当年漓江看好的青年翻译家，已然成为译界翘楚，译本也得到更丰富的增补和更成熟的修订。也有老朋友新加入的译本，比如倪培耕原译泰戈尔《饥饿的石头》是"老诺"阵容里的，到了"黑诺"更名为《泡影》，都是泰戈尔短篇小说选；同时"黑诺"再添倪译泰戈尔长篇小说《纠缠》。福克纳卷除了收入李文俊之前在"老诺"就有的代表译作《我弥留之际》，"黑诺"还增加了李译《喧哗与骚动》《押沙龙，押沙龙！》。青年译者的新作有一熙译福克纳《士兵的报酬》，王国平译福克纳《寓言》，远洋译福克纳《水泽女神之歌——福克纳早期散文、诗歌与插图》，顾奎译辛克莱·路易斯《大街》，等等。

　　也有一部分老译家，其译作的版权流转到其他出版机构去，与"黑诺"失之交臂，或者年深日久几近失联，或者凋零如秋叶片片——时光总有理由分开我们，才显出在一起的机缘实在是难能可贵。

　　现在年轻人外语好，除了做文学翻译，还有很多更实惠的选择，所以真正像老一辈翻译家那样，把译事当成毕生的事业追求，在这个领域安于寂寞悉心耕耘的并不多，或者说，漓江还没有迎来与这个群体的高频次、大规模相遇。我们现有的中青年译者队伍，一来人数远不够多，二来除了翻译本身，想法会比老一辈多一点——漓江很惭愧，至今没能把这份文化事业做成生财有道、惠及万方的大产业。好在文学哪怕历来就与眼前利益没太大关系，这个世界热爱文学的人也一直层出不穷。之所以在这里把家底摆一摆，也是为了方便下一步遇上有缘人。

译本体例上，"黑诺"尽量做到向"老诺"学习，"每卷均有译序和授奖词、答词、生平年表、著作目录，力求给读者提供一个能真实地反映诺贝尔文学奖及其每一得主风貌的较好版本"[①]。老漓江的优秀传统要保持，有章可循是一种福分。

一个素朴有力的团队，会带来别样高效的支撑感。我们的青年编辑队伍正在老编辑的带领下茁壮成长，他们是漓江的秘密花园，正在蓄能无限，漓江的未来，有他们书写，靠他们传扬。

在这里，必须致敬一下给漓江"老诺"担任过策划编辑和责任编辑的主力核心团队，他们是当年的译文室成员：宋安群、吴裕康、莫雅平、金龙格、沈东子、汪正球。

1995 年，沈东子策划过一套泰戈尔"大师文集"6 卷本，除了后续加入"黑诺"的倪培耕几种译作，亮点是直接去信季羡林先生，取得了授权，收入季译《炉火情》一种。丛书虽然没打"诺贝尔"标签，却开启了做诺奖作家小文集的思路。

1998 年，漓江出了三套诺奖作家小文集。时任总编辑宋安群策划了《赛珍珠作品选集》，向美国哈罗德·奥柏联合会购买了版权，出版了五部小说、一部传记和一本文论。本人担任过其中《东风·西风》和《赛珍珠传》两种图书的责任编辑，还为赛珍珠母亲的故事写过责编手札——

---

① 见刘硕良《新时期有数的宏伟工程——"获诺贝尔文学奖作家丛书"序》。

美好的人和事，因为人们的珍爱而获得自己的历史，在这个意义上说，历史，就是人们对于美的牵挂和担心。时乖命蹇，说变就变，我们珍爱的事物能够留存多久？一旦大限到来，让碎片有了碎片的安息，人心也就有了人心的解脱吗？①

　　吴裕康策划了君特·格拉斯"但泽三部曲"（《铁皮鼓》《猫与鼠》《狗年月》），经德国 Steidl 出版社授权出版。有意思的事情就此发生了：我社在 1998 年 1 月至 1999 年 4 月出完这三种书，1999 年 9 月 30 日，瑞典文学院将诺贝尔文学奖颁给了君特·格拉斯。所谓猜题和押宝都很准的名编辑、大编辑，漓江早年就有现实榜样。

　　汪正球策划的"川端康成作品"，洋洋大观出了十卷。

　　以上四种诺奖作家文集，都没打"诺贝尔"标签，装帧设计也各有套路，却都绕不开内在承袭的同一种思路。所以说，在漓江做"诺贝尔"，是有传统的，可追溯的，漓江人血脉里的遗传密码，在不同时期阐发着基因的显隐性。

　　从 2023 年算起，诺奖作家未进入公版期的尚有 60 多人，这是一片资本角逐的热土，对这个领域作家作品的竞夺，不是漓江的强项。众人还没睡醒的时候，漓江前辈就已经外出狩猎了；现在的漓江人，专注于在家种田——我们无富可炫，有技在身，到手的都不是战利品，而是作品本身，值得像农人看待种子那样，悉心培育，精

———————————————————

① 　见《我们珍爱的事物能够留存多久》，作者米子（本名张谦），《读书》1998 年第 10 期。

耕细作，用时间打磨，为每一部好作品寻找好译者、好编辑、好制作，直至它找到那个两情相悦的读者。

犹如观潮，漓江现在挤不进前排，索性站远一步，不追刚刚出炉的"当红炸子鸡"——新科获奖者。同时代的读者本来很想读到同时代优秀外国作家的作品，但这有个前提，就是译本要好。而"当红炸子鸡"的临时译本，前有市场期待，后有合同追魂，难得沉下心来从容打磨，多半是急就章似的翻译，反正搭配的也是快餐面似的阅读，说白了就是一场对诺奖新科得主生吞活剥的消费——真正的赢家，既不是作者、译者和读者，也不是编辑，而是商业。当然，在这个领域深耕多年，早有准备的同行是个例外。漓江与所有认真的同行惺惺相惜。

公版书是退潮后海滩上的贝壳，经历过海浪的洗礼、时间的检验，哪些受人欢迎，比较容易感知，可以从容选择。而同时代的作家作品，一时被潮头卷得高高，抛得远远，过了当红的这个时间节点，就被读者抛诸脑后，这样的例子不胜枚举。事实证明，由于作品本身或是翻译的质量问题，有的新科获奖作家作品，确实不如早年诺奖作家作品那么富有感染力。

说到这里，很有必要广为派发一下英雄帖：如果有诺奖作家、优质译者、原著出版社，以及权威版权代理机构听到漓江的声音，认可我们的理念，那么，您好，欢迎加入我们共同的事业！

"作家文集"精装本批量问世以后，我们分别在2018年和2019年年初的北京图书订货会上，以"执子之手——漓江与'诺贝尔'的不了情"和"'诺贝尔'与漓江血脉相连"两个专题向公众亮相，后者还荣膺该届订货会评出的"优秀文化活动奖"。2018 年 9 月，百道网特为这套书，对我本人进行了专访报道①。

　　成立于 1980 年的漓江出版社，在改革开放的春风里应运而生。建社不久就做"诺贝尔"，诺贝尔文学奖系列丛书，记录着一代又一代漓江人在向我国读者推介世界文学宝藏方面前赴后继、坚忍不拔的努力。"诺贝尔"和漓江人的职场生涯、美好年华紧密生长在一起，是漓江集体记忆中不可分割的一部分；漓江边的中国小城桂林，因为文学，因为诺贝尔，和斯堪的纳维亚半岛上的北欧古国瑞典就此牵连在一起——世间缘分，多么热烈美好，也足够千奇万妙。

　　金秋十月，在给此文收官之际，传来了法国作家安妮·埃尔诺获奖的消息。看来诺贝尔文学奖依旧不改我行我素之风——有多少百炼成钢的陪跑，就有多少新莺出谷的未料。谨以此文向充满无限可能的未来致意！漓江胸怀天下，初心不改，要以海纳百川的宽阔胸襟努力借鉴、吸收并呈现人类一切优秀文明成果。

2022 年 10 月 5 日　桂林

2024 年 9 月 23 日　修订

---

① 《曾经强悍的"诺贝尔旋风"影响过莫言、余华等，新一代出版人如何再创阅读高潮？》，百道网，2018 年 9 月 10 日。

［意］萨瓦多尔 · 夸西莫多
（Salvatore Quasimodo，1901—1968）

1959 年，夸西莫多在瑞典斯德哥尔摩接受诺贝尔文学奖

作家·作品

夸西莫多力主诗歌绝不是为它本身而存在，而是在世上负有义不容辞的使命，诗歌凭借其创造力重新创造人类本身。对他而言，争取自由和征服孤独是殊途同归。他自己的进程就指明了同样的方向。这样，因其诗歌本身简单明了、富于个性化的结构，使得它们发出了活生生的声音，他的作品就成为意大利人民良心的艺术表现。

——瑞典学院常务秘书安德斯·奥斯特林

在一时一地的危急情势下见证人类历史，并传授勇气一课，是夸西莫多诗的使命。

——意大利作家、文学评论家朱利亚诺·德戈

夸西莫多是一位文学大师，而他的诗歌超越了某一特定的语言的界限。

——夸西莫多诗英文译者杰克·贝文

夸西莫多懂得将创作的想法与尽量简化的理念结合起来。这便可以解释他的世界如何一点一点充满生气，变得更加丰富而深邃，以及为何与单薄的《瞬息间是夜晚》相比，他后期作品中少有的抒情诗显现出坚实的精练。他在三十五年间深刻地认识、改变其隐秘派时期那饱含激情的沉默，在"人"的身上找到创作方针。

——意大利文学评论家卡尔洛·博

目　录

消逝的笛音（1930—1932）

厄拉托与阿波罗（1932—1936)

新诗（1936—1942）

日复一日（1947）

生活不是梦（1946—1948）

虚假的绿与真实的绿（1949—1955）

乐土（1955—1958）

给予和获得（1959—1965）

附　录

译本前言

心灵与时代悲剧的闪照
——夸西莫多抒情诗探幽

吕同六

意大利是诗歌和音乐的国度。确实，翻开意大利文学史册，一个个熠熠生辉的诗人的名字纷呈于我们的眼前：文艺复兴时期的巨人但丁、彼特拉克、科隆纳、阿里奥斯托、塔索，捍卫真理和自由的英勇战士和歌手布鲁诺、康帕内拉，抒发民族复兴运动理想的浪漫主义诗人白尔谢、曼佐尼、莱奥帕尔迪、卡尔杜齐，融会浪漫主义与象征主义，自成一家的帕斯科利，以及在 20 世纪诗歌领域独树一帜的"隐秘派"①诗人。在这星汉灿烂的诗人行列里，萨瓦多尔·夸西莫多（Salvatore Quasimodo）占有一席重要的地位。他和蒙塔莱、翁加雷蒂并列为意大利最优秀的三位抒情诗人，是"隐秘派"诗歌的重要代表。

一、"生活的道路，赋予我诗与歌"

诗人的生活，首先是"人的生活"。这是"隐秘派"诗人翁加雷

---

① "隐秘派"国内现有多种译名：隐逸派、奥秘派、封闭派、神秘派。笔者再三斟酌，觉得似译为"隐秘派"较妥。

蒂的一句名言，它精辟地道出了诗歌与现实生活的关系，诗人的生活道路与诗歌创作道路的关系。和许多同时代的诗人一样，夸西莫多的成长不是一帆风顺的，他走过了漫长的、崎岖的人生之路。正如他在诗中所吟咏：

我的生活历经磨难。

——《致父亲》

夸西莫多 1901 年 8 月 20 日诞生在意大利南方西西里岛莫迪卡镇。这是一座曾以灿烂的文化在古代大放异彩，而近代却沦落于穷困、荒凉的岛屿。他的父亲是铁路职员，靠微薄的工资养活家庭。由于父亲工作的频繁调动，夸西莫多的童年是在不断的迁移中，在许多穷乡僻壤的小城乡度过的。七岁那年，西西里发生大地震，不少城市被夷为平地，十万人丧生。废墟、抢劫和死亡，一齐闯进了少年宁静的梦境。故乡西西里，它的悲苦和忧伤，它为贫困、饥饿、沼泽和疟疾所困扰的生活，从此深深植根于夸西莫多纯朴的心灵，"痛楚的现实，仿佛锐利的刀刃，把真理铭刻在心"。不管此后浪迹何方，故乡西西里的形象始终萦绕在诗人的脑际，成为他诗歌创作的重要源泉。

夸西莫多的姑母酷爱诗歌，时常给他朗诵但丁的史诗《神曲》，在他稚嫩的心田撒下了诗歌的种子。后来，他如饥似渴地阅读意大利古典诗歌作品，从中汲取营养。十四岁时，少年夸西莫多开始写诗。同时，他在一位神甫的指导下，用心阅读古希腊、古罗马文学经典作品。起初，他在帕勒莫、墨西拿技校学习理工科，但他很快就把注意力倾注于文学，随后索性转而研读古希腊罗马语言文学，在古典文化领域获得很深的造诣。可是，家庭拮据的经济境况，迫使他不得不中途辍学，去谋求生计。这时，正是墨索里尼建立独裁统治的黑暗年代。"幽寂的长夜"笼罩大地，他的心也"在黑暗中惆怅迷乱"。夸西莫多被迫到处漂流，南方各省的山区和平原，城市和乡村，都留下了他这个"游子"的足迹。他做过各种不如人意的工作，当过五金店营业员、百货商店会计，后来才在土木工程局找到固定的职业，每日领取三十里拉的薪水，这使他从此有了最起码的生活保障，解除了后顾之忧，得以专心致志从事诗歌创作。

灾难岁月里的风云变幻，人生旅程中的横逆多蹇，夸西莫多切身体验到的欢乐与痛苦，爱情与忌恨，使他逐渐成熟起来，给他的诗歌创作打下了坚实的生活基础：

啊，生活的道路
赋予我诗与歌。

——《归乡》

1929 年，夸西莫多前往佛罗伦萨。在这座以文化摇篮著称的古都，他和文艺界人士广泛交游，结识了"隐秘派"元老蒙塔莱。翌年，夸西莫多的处女作《水与土》问世，他一时声名鹊起，成为意大利优秀的抒情诗人。随后，他又陆续发表了诗集《消逝的笛音》（1932）、《厄拉托与阿波罗》（1936）、《新诗》（1936—1942）。

1941年，他应聘担任米兰威尔第音乐学院意大利文学讲座教授。

夸西莫多这一时期的诗歌完全摆脱了少年时代习作中模仿名家的痕迹，鲜明地体现出"隐秘派"诗歌的特征。"隐秘派"，是第一次世界大战结束后在意大利诗坛崛起的一个流派。它受到法国象征主义诗歌的影响，但又是意大利法西斯专制这一特定的社会历史条件下的产物。"隐秘派"诗人避开严酷的现实生活，转向自我，观察和探索人的内心世界，着力刻画人的心灵深处细微奥秘的感受，抒发在邪恶的现实的重压之下孤独、哀幽的精神状态。"隐秘派"在艺术上独树一帜，回避直露地抒写事物与意念，喜欢用奔放的想象、独特的象征、新奇的隐喻、巧妙的寄托，来提炼和建立饱满的艺术形象。这一派诗人讲究诗歌的韵律和音乐性，强调词语的音韵比其涵义更富有表达主观感觉的力量，力求开挖出词语蕴含的无比丰富的感情色彩。在"隐秘派"诗人看来，全神贯注于自我，探索内心世界的奥秘，是那黑暗、恐怖的岁月里寻求解脱的惟一方式。法西斯当局自然不喜欢这样的诗歌。它需要欢呼这个野蛮政权的颂歌，需要对它的殖民扩张主义的礼赞，需要充斥冒险精神的行进曲。"隐秘派"诗人正是以微妙、曲折的方式，反映了那个特定的时代里人的孤凄、哀幽的精神状态，抒发了相当广泛的一部分人对法西斯政权既不愿顺从，但又无力反抗的苦闷、彷徨的情绪，吐露了他们执著地追求自由与民主、挚爱祖国与家乡、维护个性与尊严的情感。

倘使说，"隐秘派"的鼻祖蒙塔莱是位出色的"生活之恶的歌手"，另一位"隐秘派"元老翁加雷蒂则以抒发同时代人的"灾难感"见长，那么，夸西莫多的诗歌又有所不同。吟诵他的诗篇，读者强烈地感受到一颗炽热的赤子之心的震跳；他的抒情诗既表现人的孤凄、哀幽的千情百感，又倾诉摆脱孤独的渴求，对自由的向往，对生活的苦恋；既充满象征的寓意，又富于生活的气息，若明若暗的朦胧意境中，跳动着一片真淳、轻快的情致。

对西西里，对在家乡度过的童年的缅怀，犹如一支低回婉转的旋律，反复出现于他的抒情诗。

在芳华乍吐的岁月，夸西莫多告别亲人，离开了西西里。他饱尝漂泊天涯的苦楚："啊，沦落异域他乡，你是多么地孤苦伶仃！"（《通向阿格里琴托的路》）诗人"一颗紧皱的心"，无时无刻不在思念着可爱而苦难的家乡。离情和乡愁，"朝朝暮暮萦绕梦魂"（《南方哀思》），诗人对西西里的怀念，可谓声声含愁，字字带泪：

　　我的故乡在南方

　　多么遥远，

　　眼泪和悲愁

　　炽热了它。

　　　　　　　　　　　　——《我这个游子》

夸西莫多怀着一腔深情，赞美遥远的、富庶的西西里大地，它的明媚秀丽的自然风光和勤劳、朴实的人民。他向每天清晨"肩背鱼篓，挂起满帆"，唱着离别之歌去海上捕鱼的乡亲们表示敬意，抒发自己愿为西西里分忧担愁的赤子之心：

啊，大地

你的苦痛

怎不叫我碎了心肠！

——《大地》

　　诗人给病中的母亲写信，叙述自己为了献身艺术，告别故乡和亲人后的际遇。他祈求死神莫要停止故居挂钟的钟摆，莫要停止母亲心脏的跳动（《致母亲》）。这些诗篇，字里行间氤氲着诗人挚爱故土的浓烈感情。

　　在夸西莫多的诗作中，西西里同伦巴第，南方同北方，形成了鲜明的对立。这对立并不只是或者说主要不是地理意义上的。对于诗人而言，南国故乡意味着童年，意味着美丽的山峦、河川，芬芳的夹竹桃、橘花；意味着悠久的文明，古墓和石牢，岩盐和硫矿，寺庙和雕像；意味着世世代代为遇害的孩子涕泣的母亲，被遏制或喷发出来的愤怒，等待爱和死的强盗。南国故乡是诗人失去的乐园，笼罩着一重亲切而神秘的面纱，令人醉魄销魂。而北方大都会，工业化的伦巴第，则意味着沦落天涯，意味着现代文明，意味着喧嚣、冷酷，迷蒙的雾霭，扭曲的自然。北方于诗人是冬夜的严寒，寂寞孤独，涂抹着一层阴暗而压抑的色彩，令人心酸。这是两种生活、两种文明、两种现实的对立。在从邪恶的现实中尝尽世态炎凉的夸西莫多看来，故乡和童年，是他的"根"，是幸福的象征；故乡的山山水水、一草一木，又是希望和力量的所在：

不止一次，我的心头

体验到泥土和青草的分量。

——《莫名的悲伤》

　　有时，他沉浸于遐想之中，依稀返回西西里岛，仿佛听到心上人温柔而羞怯的声音，呼唤着他弹拨诗人的琴弦（《岛》）；他又仿佛同昔日的伙伴们相聚，迎着溶溶的月光，伴随音乐的节拍，在草坪上欢乐地翩翩起舞。这似乎不是对遥远的岁月的回忆，不是幻觉，而是"生活的真正信号"。然而，韶光易驰，逝者如斯，青春年华已不再属于他。回忆无法使诗人摆脱周遭阴暗的现实，重新享有美好的往昔。他的心灵重又被痛苦所侵扰（《柠檬树上的黑喜鹊》）。

　　幸福和希望无法在现实生活中获得，这就是诗人无比凄惶和深沉的忧伤的缘由。诗人禁不住咏叹"夜的帷幕在心中升起""心儿飞走了／我是一片荒漠"，叹息"岁月犹如瓦砾场"（《消逝的笛音》）。孤独的诗人又常常向青年时代心爱的人寄托情思，倾诉衷曲，寻求慰藉。爱是真善美的体现，代表着纯洁、神奇；"爱是抵御忧伤的盾牌"，是对丑恶、扭曲的现实的解脱（《廷达里的风》）。诗人又常常诉诸大自然，广袤的大自然是那么美妙、奥秘，又是那么温柔、宽仁，历尽磨难的诗人，多么渴望投入大自然的怀抱，消融，复苏，重新获取生命的乳液，求得内心的和谐：

温柔的秋，

我将你紧紧地搂抱，

……

在坎坷的人生途程，

我与你相偎相依，

在你的怀里

我消融，复苏。

造化的树上

哆嗦地飘落的枯叶，

在你的心地

重又获得生命的乳汁。

——《秋》

　　然而，夸西莫多不是悲观失望的诗人。他献身诗歌，绝不仅仅
是为着抒发孤凄的心境，无病呻吟。他把诗歌看作对自己的心灵的
拯救，对个性和尊严的维护，对污浊现实的摒斥。对于他，诗歌是
对美好事物的爱恋、追求，是一种可贵的更新的力量。这就是夸西
莫多一生中无论遭遇怎样的艰难与曲折，始终忠实于这一信念，终
不悔恨的缘故。请听他在致爱情诗缪斯厄拉托的一首诗中的自白：

委付于你啊，

一颗孤凄的心，

把阴冷晦暗的思想驱除干净，

却执著地更新和爱恋

那恍如我们的昨日

而今在暗夜中隐翳的一切。

　　这种态度自然为法西斯当局所不容。诚然，夸西莫多在 20 年代没有直接参加反法西斯的斗争，但他和蒙塔莱、翁加雷蒂作为"隐秘派"的领袖，却遭到官方的舆论和几乎所有意大利报刊的攻击。1939 年，他又因所谓从事反法西斯活动的罪名，被解除了《时报》文学编辑的职务。嗣后，夸西莫多受到监视，并遭到充当坐探的文人的告发，被迫转入半地下状态。但是，他一天也不曾放下他手中的一管羽笔。他不顾空袭、饥饿和白色恐怖的威胁，在友人家中，防空洞里，孜孜不倦地从事写作和翻译。

　　反法西斯抵抗运动，对夸西莫多的诗歌产生了积极的影响。炸弹、机枪和集中营似乎摧毁了一切有价值的东西，意大利乃至欧洲仿佛成了一座坟茔，一切仿佛都毁灭了，"或许只留存了我们的心，或许只有心……"，"诗人永生永世不能忘记"法西斯和战争的浩劫。他的诗歌观和诗歌的内容发生了变化。他认为，战争和抵抗运动"摧毁了(诗歌)传统的内容"，"提出了崭新的人的价值观念"[1]。倘使说，他在此以前写作的诗歌更多的是诗人心灵的"独白"，那么，现在更多地出现了诗人同人们的"对话"，出现了"多声部的合唱"，抒情诗注进了"社会诗"的内涵。这是一个引人注目的变化。夸西莫多的诗歌不再单单是抒发个人的惓惓情愫，它从"我"过渡到了"我

_____

①　夸西莫多:《当代诗歌》，载《诗人、政治家和其他》，米兰，蒙达多里出版社，1967 年。

们"，化为造就人的一种行动，化为对社会和整个人类命运的深沉的思索。"通过人，去寻求对现实世界的阐释。"[①] 朦胧的、少年时代的西西里渐渐消隐，礼赞经受战争的血与火的洗礼的国土，为捍卫祖国的自由与独立而英勇捐躯的英烈，成为一曲新的旋律，激越动人。这一变化，自然不意味着对前期诗歌创作的否定，夸西莫多的全部诗歌中始终跃动着一颗炽热的赤子之心。这一变化，是夸西莫多的诗歌沿着历史前进轨迹合乎逻辑的发展和深化，是赋予了新时代声光色相的升华。

夸西莫多是最早热忱讴歌抵抗运动的诗人之一。他的诗集《日复一日》堪称意大利乃至欧洲战后一部不可多得的抒情诗集，全部写于最艰难的 1943 年至 1945 年。

　　　　我们怎能歌唱

　　　　当侵略者的铁蹄

　　　　踏在我们的心上

　　　　烈士们的尸体

　　　　横卧在广场

　　　　冰雪淹没的草地……

　　　　　　　　　　　——《柳树上的竖琴》

　　　　请别在院子里挖掘水井了——

---

① 夸西莫多:《我的诗学》，见《国际诗坛》第一辑，第 168 页，漓江出版社。

生者再也不觉得干渴。

请别触动死者，

他们沾满鲜血，又浑身浮肿；

让他们安息吧，

在他们家园的土地上：

城市已经死亡了，已经死亡！

——《米兰，1943年8月》

这两首抒情诗，是声声滴血的哭诉，痛斥残暴的战争对无辜良善的屠杀，诗人爱国忧民的情潮奔涌激荡，沉哀彻骨，读来令人心悸魄动。《致切尔维七兄弟和他们的意大利》《致罗莱托广场十五英烈》，热情讴歌同法西斯刽子手展开英勇斗争的人民的优秀儿子，诗人从这些"为着爱默默地献身"的普通人身上不只是目睹了一场悲壮的民族悲剧，而且更重要的是，他看到了意大利希望的闪光，这些名不见经传的战士，具有那班高谈阔论的政治家、狡黠的智者和文人墨客绝不具备的高贵品格，他们的伤口汩汩流淌的鲜血，润滑着时代的车轮，推动着历史迅疾前进。

夸西莫多的诗歌在那难忘的岁月里产生了异乎寻常的强烈的反响。第二次世界大战期间，在波兰帕兰密斯集中营里，数百名被囚禁的犯人，遭受着非人的折磨。一名意大利军官，冒着风险珍藏着一卷诗集。每个清晨，他打开这本书，朗诵其中的一首诗。同室的难友们——工人、医生、工程师和素来不爱读诗的律师——纷纷围拢过来，静静地谛听，眼眶里止不住流淌下思念祖国和亲人的泪水。

军官朗诵的诗，便是夸西莫多的诗歌。在那苦难的日子里，诗歌便这样把夸西莫多同祖国、人民紧密地联系在一起。

《生活不是梦》（1949）、《虚假的绿与真实的绿》（1956）、《乐土》（1958）等，也是战后时期夸西莫多笔耕结出的硕果。"生活不是梦"，不只是一部诗集的名字，而且也表达了诗人至高的信念，即生活并非唏嘘感慨的叹息，虚无缥缈的幻想。生活是斗争，是义务，每一个人都应当在生活中承担责任。夸西莫多自觉地意识到自己应当承担的历史性的使命，他在《关于诗歌的谈话》一文中写道："对于社会而言，诗人的立场不能够是消极的，他'改变'世界。"[1] "诗歌的使命在于重新造就人。"[2] 因此，他自豪地宣布："诗歌是人。"[3]

夸西莫多虔诚地相信，曾经糟蹋了人的庄严的称谓，扭曲了人的形象的纳粹分子、刽子手如今打倒了，"他们的坟墓已化作耻辱的灰烬"（《我的同时代人》），而像罗莱托广场上英勇就义的十五位烈士那样的新人将从民众中涌现出来，他们肩负着"'改变'世界"、建设未来的重任。夸西莫多渴望投身到民众中去，同他们建立直接的交流与联系，向他们倾诉自己的理想。因此，战火的硝烟尚未完全消失，他便风尘仆仆，奔波于各地，深入平民区，去探望正在废墟上重建家园，正在为面包、为工作而搏斗的普通人，向他们朗诵自己的诗篇：

---

[1] 《〈夸西莫多诗歌全集〉附录》第 295 页，米兰，蒙达多里出版社，1984 年。
[2] 见《我的诗学》。
[3] 《〈夸西莫多诗歌全集〉附录》第 295 页，米兰，蒙达多里出版社，1984 年。

我的祖国是意大利，

我要把心中的歌献给它的人民。

——《我的祖国意大利》

夸西莫多所到之处，受到极其热烈的欢迎。他的生活信念更充实、更坚定了。他的诗歌中充满对未来寄予希望的乐观精神，积极参与社会生活的热切愿望。

生活

岂能是心脏

恐怖而阴暗的颤抖，

生活也并非怜悯，

生活只是鲜血的搏斗。

——《信》

生活是何等地强劲

因为它自身的潜力。

——《致父亲》

这字字句句，铿锵有力，凝聚着深邃的人生哲理，洋溢着坚韧地追求生活的豪放激情。

夸西莫多这一时期的立场以及写作的诗歌，遭到一些人的非议，流言蜚语不时向他袭来。1958 年、1965 年，夸西莫多两次身患重病，被送入医院抢救。死神时时威胁着他的生命。然而，诗人没有消沉，没有畏惧：

> 兴许我就要溘然长逝，
>
> 但我乐意聆听
>
> 从来不曾理会的生命的真谛，
>
> 乐意求索生活的哲理。

——《鲜花与白杨》

他认为，死亡并不可怕，但消极的、苟且偷安的生活，无异于死亡，甚至比死亡更加可怕。1968 年 6 月，夸西莫多前往那不勒斯附近的阿玛菲城，作为当地文学奖评委会主席，主持授奖大会，但脑溢血突然发作，抢救无效，不幸逝世。诗人用生命表达了对信念的忠诚。

二、"句中有余味，篇中有余意"

诗为心声。夸西莫多的诗歌，是他那个时代的生活的闪照，也是诗人心灵世界的剖白。他的抒情诗，情愫绵绵，神采飞动，无论状景、咏物，或抒写现实世界，或缅怀往昔，都饱含了诗人的惓惓之忧。他的诗篇，犹如潺潺流淌的感情的溪流，娓娓倾诉对遭受黑暗势力蹂躏的苦难祖国的挚爱，咏叹坎坷的人世，抒发痛楚的心灵历程。他用浓烈的感情，涂抹时代生活的悲剧，又把热烈憧憬的理想，洇染在感情的多种色彩之中。他的每一首诗，字里行间无不涌动着激荡的情怀。

　　夸西莫多的抒情诗，丝毫没有浅露的直白、抽象的意念。夸西莫多擅长把对内心世界的抒发同对自然景物的描绘融合在一起，把感触最深的一刹那捕捉住，又从自然中摄取新巧的景象，情中景，景中情，情景妙合，从客观环境中，写出人的主观感受，刻画人的精神、灵魂。这是夸西莫多抒情诗一个重要的艺术特色。

　　夸西莫多有一首名叫《瞬息间是夜晚》的抒情诗，是各种选本必收的佳作。1942 年，夸西莫多把他已出版的各个诗集结集成卷，即以它命名。这首诗短小精悍，总共才四行：

　　　　每一个人
　　　　偎依着大地的胸怀
　　　　孤寂地裸露在阳光之下：
　　　　瞬息间是夜晚。

　　诗作于 1930 年。这是墨索里尼独裁统治时期，史称"黑暗的二十年"。诗人的故乡西西里也沉陷于黑暗之中。正如法国诗人、小说家阿拉贡在评论夸西莫多诗歌中西西里的形象时所说，"在任何一处别的地方，都不曾笼罩着这般的黑暗。这不是昏暗，而是风雨如磐，一片漆黑"①。夸西莫多在这首诗中，没有从大处落笔，而是自辟蹊径，由自然中撷取从日落黄昏到夜幕降临这一特定的、短暂的景

---

① 　路易·阿拉贡:《向萨瓦多尔·夸西莫多致敬》，载《法兰西文学》1959 年 11 月 11 日，转引自《〈夸西莫多诗歌全集〉附录》，米兰，蒙达多里出版社，1984 年。

象，捕捉住这"瞬息间"人的内心深处最微妙、最复杂的情绪，又以艺术家的敏锐，从这一特定场景中，精心选取两组极富形象性的意象："阳光"与"夜晚"，"偎依"和"裸露"，造成鲜明的对照与强烈的反差，并采用明快、迅即转换的节奏，把诗人在灾难深重的岁月里，心灵如同黑暗的"夜晚"，无比"孤寂"的主观感受，传神地渲染出来。在这里，"阳光"、"夜晚"，亦景亦情，情景一体，制造了浓郁的抒情氛围和深邃的意境。短短的四行诗，层次清晰，婉转巧姿，可谓纸短情长，余韵无穷。

《伊拉丽娅墓前》是另一首优秀的诗篇，作于 30 年代，也是亦景亦情的抒情诗。诗人访问文化古城卢加，瞻仰文艺复兴时代卢加城邦君主的夫人伊拉丽娅的陵墓。年轻的公爵夫人长眠于石雕的卧榻，表情宁静、温柔，仿佛在甜蜜地沉睡。五百余年的时光流逝了，但一切全恍若公爵夫人当年的情状。

诗人忽然触景生情，感情奔涌。"黯然无神"的阳光，"荒凉的沙滩"，"愤怒的海鸥"，这一组哀伤的意象，强烈地映现出昔日荣华高贵、美貌绝伦的公爵夫人而今"孑然一身"的孤凄。诗人又进一步以乐景写哀怨，"柔和的月光"，盛装的少女"融融地漫步"，情侣们相偎相依，沉醉在他们的梦幻中，倾诉衷肠，这是多么美好的场景！情景截然，有力地反衬出伊拉丽娅落寞的哀怨，愈见诗人触发的悲痛之情。在这里，情寓于景，妙合无垠。

然而，诗人不止于写景抒情，而是进而对人生、对时代进行哲理的、冷峻的思索。诗人同死者进行了关于人生的对话。他叹息伊拉丽娅公爵夫人现今被人遗忘、孤独无比的境遇。这种孤独是无法解脱的，它使一切遭到摧毁。诗人询问公爵夫人：

"你安眠于九泉，可有什么怨诉？"

诗人愿用诗的字句代为抒发。但是，诗人旋即感到，他自身的命运似乎也是同死者一样。周围的人，对死者，对他，全部无动于衷，都是那么陌生、隔膜。这，勾起了诗人的"惶恐"、"惊愕"，因为他在生存环境中发现了所有人的命运，看清了人们逃避对社会、历史承担责任的怯懦。诗人抑制不住愤懑之情，在诗的末尾悲痛地道出了一声振聋发聩的呐喊：

生者比死者更加遥远！

这样，夸西莫多在《伊拉丽娅墓前》这首诗中，因景生情，景中有意，以景衬情，由情及理，惆怅的抒情与深沉的思考交融，不只抒发了人的心灵的孤独，而且点出了时代的悲剧乃是这一不可解脱的孤独的渊薮，从而使这首抒情诗具有不同寻常的感情升华，又具有令人省悟的思想深度。

驰骋浪漫的想象，施展大胆的幻想，以立意新颖的象征、隐喻、联想，直接诉诸人的视觉、听觉和幻觉，去建立灵动、鲜明的艺术形象，这是夸西莫多抒情诗的另一个艺术特色。

诗人曾在不止一篇的诗作中，用大海的形象，来抒发对青年时代爱恋的西西里少女的缅怀。

人去楼空啊，

再也听不到你对我这个游子的问候。

欢乐岂能两次再现。

落日的余晖洒向松林

宛如海涛的波光

荡漾的大海也只是幻影。

——《我这个游子》

碧海波光，青松余晖，旧事如烟如梦，倾诉出对多少魂牵梦萦的人的断肠相思！

而《海涛》一诗则别开生面，可谓巧用象征、意象多姿的佳篇。多少个静夜，背井离乡，远离昔日钟爱的女子，诗人沉浸在回忆中，他仿佛听见故乡大海的轻涛细浪拍打柔和的海滩，他又仿佛听见从记忆的"脑海"里传来心爱的人亲切的声音，听见当年他和恋人伴随海涛的悄声细语：

啊，我多么希望

我的怀念的回音

像这茫茫黑夜里

大海的轻涛细浪

飘然来到你的身旁。

诗人构思新奇，彩笔横飞，描绘了大海的波涛拍打堤岸的现实的画面，和思绪起伏的"脑海"里他和恋人相爱的想象的幻景，又略加点染，勾画出海鸥和鸟儿春天啼鸣的背景。这两幅"海"景，一远一近，一虚一实，视觉与听觉，联想与象征，巧妙地糅合起来，构成了新鲜而富于美感的意境。诗人把内心世界的强烈感情，凝聚在这具有双重涵义的"海涛"的形象中间，使整首诗篇情味隽永，动人心曲，耐人寻思。

在夸西莫多的抒情诗中，梦幻与现实，回忆与写实，常常重叠交错，紧密交织。

在《海涛》一诗中，我们对此已有所领略。《归乡》是一支思乡曲，写飘零异乡的主人公，在一个繁星灿烂的夜晚，孤单地坐在罗马市中心的广场上，怀着一颗凄惶的心，"驾着记忆的轻舟""重归遥远的家乡"的心境。幻想与现实，往昔与现时，互相交替，倾诉了诗人对西西里的眷恋，对失去的童年的缅怀，以及对现实的失望。

另一首名诗《廷达里的风》，被批评家誉为代表夸西莫多"诗歌创作顶峰的突出成就"[①]。它是采用梦幻与现实、往昔与现今交叉手法的杰作。诗的开篇便展开两条交织的线索。一个明媚的假日，诗人和一群朋友攀登北方的阿尔卑斯山，一路上微风飘香，欢声笑语。诗人情不自禁地神驰千里之外，西西里故乡美丽的廷达里山峰蓦地闯入他的记忆，拨动了他的心弦。阿尔卑斯山脉，陪伴诗人登山的朋友，在他的意识屏幕上渐渐"淡化"，消隐了。脉脉温情的廷达里山，娟秀的风神之岛，依次"化入"。对故土和青年时代所爱慕的姑娘的恋情，从回忆中喷涌而出。诗人向心爱的人倾诉离情别绪的感伤，漂泊异乡他域的辛酸。一颗游子的心，"日夜沉浸于忧伤"，惟有用诗句来吐露千情百感。诗人依稀见到清朗的月光下恋人姣好的

---

① 彼特洛基:《夸西莫多和他的故土》，载《诗歌和叙述技巧》第 66 页，米兰，墨尔西亚出版社，1965 年。

容颜，但竟无法消受爱的欢情，纵然"爱是抵御忧伤的盾牌"。诗人在幻觉中回忆幸福的往昔，感叹凄凉的现今，咀嚼人生的甘甜和苦涩。突然，同行的朋友呼唤诗人，邀他观赏阿尔卑斯山风景，幻梦醒了。但断肠的相思依然萦绕心际，竟没有一个人能予理会。

在这首诗中，夸西莫多显示了把心理探索和景物描写紧密结合的才华，把人的心理过程和景物变化熔于一炉。诗人在幻想和现实的两个层次上，描绘北方阿尔卑斯山和南国廷达里山这两组交织的景观，高峻的山脉，迷蒙的烟雾，飘香的幽风，既是美景的写照，又是感情的吐露，心态的映现。回忆的梦幻，现实的情景，重叠交替，相辅相成，宛如诗人特意铺设的两行轨道，径直通向人物的心灵深处。对故土、恋人的情深意浓的思念，梦幻中重游廷达里山欣悦中夹杂着惆怅的复杂心绪，得到了细婉舒放、富于情致的刻画。

夸西莫多十分重视诗歌语言的提炼。他的语言凝练、明净、形象，丝毫没有那个时期诗坛流行的堆砌浮华和隐晦艰涩的弊病。诗人力求从他选取的词语里挖掘出最能表现人的无比丰富的感情的内在意味，以抒写大自然的运动、色彩、音响的美，抒写朦胧的烟水迷离的美。

　　一湾碧蓝的流水

　　催动悄然东去的玫瑰，

　　落花轻舔堤岸

　　在静谧的海湾低回。

　　　　　　　　　　　　——《岛》

我到处流浪；

影子披拂着月桂

栖息在空明的穹苍。

        ——《一个被埋葬者在我心中歌唱》

白鹭飞向海面

懒懒地嗅着

灌木丛中的污秽；

柠檬树上

黑喜鹊一声长鸣。

        ——《柠檬树上的黑喜鹊》

    这样的抒情诗，堪称"句中有余味，篇中有余意"。诗人要求读者去想象，也提供烟水迷离的意境让读者去追寻，获取一种诗美的享受。

    夸西莫多注重诗歌的音乐性，追求自然、朴实的韵律，诗歌的节奏同人物感情的起伏丝丝入扣，发生动人心弦的共振。因此，他的诗歌写景时瑰奇独特，抒情时低回吟唱，常常兼有绘画作品的明丽色彩和音乐作品的优美音韵。

    诗坛巨匠蒙塔莱高度评价夸西莫多诗歌的艺术特色，指出：夸西莫多诗歌的独创性在于大胆地运用类比，在于音乐性。[①] 蒙塔莱的高

---

① 《飞马》杂志，1931 年第 3 期。

度评价，应该说是确切和中肯的。

夸西莫多注意采取意大利传统诗歌的技巧。在《米兰，1943 年 8 月》一诗中，他采取生者与死者叙谈的形式，情深辞切，并成功地运用了反复、对称等手法。诗句"城市已经死亡了"在短诗中反复出现了两次，"请别触动死者""请别在院子里挖掘水井了"的诗行，前后对称，它们互相关联，上下照应，情潮逐浪高，使控诉屠杀罪行的激越情感倾泻而出，产生强烈的艺术感染力。《秋》则采用拟人化的手法，蕴藉含蓄，赞美秋的温柔、宽仁，反衬坎坷的人世。

战后，夸西莫多把叙事因素注入抒情诗歌。但在他的笔下，叙事、状物，也全是为着烘托和揭示人物的深层心态。叙事和抒情浑融无迹地混合在一起，这构成夸西莫多战后诗歌一个新的特色（如《致切尔维七兄弟和他们的意大利》《马佐博托死难者碑文》《鲜花与白杨》等）。

夸西莫多是一位才华过人的艺术家。他对古典文化和外国文学有着精深的造诣，在长年累月潜心研读的基础上，他先后翻译了荷马、索福克勒斯、埃斯库罗斯、维吉尔、奥维德、卡图卢斯[①]、莎士比亚、莫里哀、聂鲁达等的诗歌与剧本，以及《古希腊抒情诗》《约翰福音》。夸西莫多评价自己的文学翻译时说，"这是在年复一年的劳作中所进行的诗的交流"[②]。他认为，诗歌翻译必须突破翻译的旧观念，不仅要以语言为媒介，从语言的侧面接近诗的字句，打破语言这堵厚墙，而且，更重要的是要实现向理解、阐释诗的内涵的过

---

① 卡图卢斯（约公元前 84 年—约公元前 54 年），古罗马著名抒情诗人。
② 见《我的诗学》。

渡。①《古希腊抒情诗》便是体现他这一翻译观的代表。《古希腊抒情诗》不只以优美的译文见长，而且用意大利诗歌的形式，对古希腊诗歌进行新的阐释，因而，它实际是一次艺术的再创作，与其说是对诗歌的翻译，毋宁说是对翻译的诗歌的思考。由此，许多批评家把夸西莫多的译诗视为他整个诗歌创作的有机组成部分。这是意味深长的。对外国文学的翻译与研究，无疑扩大了诗人的艺术视野，提高了他的文学修养，对他的诗歌创作起到了有益的作用。此外，夸西莫多还著有评论文学、戏剧、电影、绘画的文集多卷。

　　1959 年，夸西莫多获得诺贝尔文学奖。瑞典皇家科学院在授奖词中高度赞扬夸西莫多的诗歌创作，说："他的抒情诗，以高贵的热忱，表现了我们时代生活的悲剧经历。"我想，不妨补充说，夸西莫多的抒情诗，堪称闪照心灵与时代悲剧的明镜。

① 见《我的诗学》。

水与土

（1920—1929）

瞬息间是夜晚

每一个人

偎依着大地的胸怀

孤寂地裸露在阳光之下：

瞬息间是夜晚。

（吕同六译）

廷达里①的风

廷达里，我知道
你是多么脉脉温情，
在巍峨、寥廓的山脉上
俯视娟秀的风神之岛，
今天你蓦地闯入我的记忆
把我心底的奥秘窥探。

我沿着雄峻的岩峰攀登，
微风飘送松树的清香
令我醉魄销魂，
远去了，迷蒙的烟雾里
悄然陪伴我的朋友们，
远去了，喧嚣的声浪
和纯真的柔情。
你的婉约多姿使我倾倒，

---

① 廷达里是诗人故乡西西里岛墨西拿海湾附近的一座山峰，面临风神群岛，地势险峻，景色极为秀丽。此处诗人抒写幻想中重返廷达里的心境，梦幻与现实交替展现。（本书注释均为译者注）

我曾领略离情别绪的缠绵，

阴冷与寂寞的凄惶；

你曾是温暖我的避风海港，

离别却把心灵的热焰熄灭。

在你陌生的地域

我日夜沉浸于忧伤，

无奈用诗行吐露百感千情：

黑夜的帷幕下

探进窗棂的月光

浴着你姣好的容颜，

我竟不能在你的怀抱里

消受爱的欢情。

漂泊异乡他域是何等地辛酸，

在你身上我追寻甘甜的宁静，

可它今天已化作

对死亡过早的畏惧；

爱是抵御忧伤的盾牌，

黑暗中声声轻盈的步履

你给我留下了

细细咀嚼的苦涩的面包。

明媚的廷达里又显现在我眼帘;

真挚的朋友把我的梦幻惊醒,

邀我从峭崖上饱览美景,

我佯装提心吊胆,

亲爱的朋友岂能理解

是怎样的风令我黯然神伤。

（吕同六译）

天使们

你的心中已丧失

生活的任何甜蜜，

只有梦境如意；

过去的河岸你并不熟悉，

它迎面向你走来，

平静的水面

在岸边微澜轻起，

水中的天使们，那是成圈的绿树依依。

你应该是无限，超越任何时间，

这时间浩渺无边，

青春在微笑，也有痛苦与熬煎，

这痛苦无法可见，

你应在痛苦中寻找日和夜的华诞。

（刘儒庭译）

素白的衣裙

你低下了头，凝眸注视我，
身着一件素白的衣裙，
左肩下襟怀敞开
微露你的酥胸。

一束光芒沐浴着我，
悠悠颤栗，流荡在你光裸的臂弯。

我重新见到了你。
多么含糊、急促，你的言语，
你把一颗心安置于
人生的天平——
生活和竞技场何其相近。

风萧萧
掠过漫漫的大道
在三月的静夜，

唤醒我们这班陌生人

好像生平头一遭。

（吕同六译）

树

你的影子融化了，
我的幻影也仿佛夭亡，
阿纳波河^①蔚蓝、清凉的流水
微微颤动，又似乎破碎，
三月明净的月光
沐浴着翠青的草儿，抖擞翅膀
催动我返归故乡。

我岂止为影子而活着，
大地、阳光和甘甜的泉水
为你滋润青青的枝叶，
而我憔悴了，俯下身去——
迎面砰然撞着你的躯体。

（吕同六译）

---

① 流经西西里的河流。

白羊星座

苍穹悠闲转动，

季节显示分明：面对新的风，

面对扁桃，

空中的阴影

层层，地上的五谷丰盈，

这扁桃在这一切中格外分明：

被压抑的河滩之声，

化石之声

十分可爱的时日之声

现在重新组合。

每一种草在分枝生权，

焦虑笼罩冷冷的月桂

这异教之神，

构成遥远的水；

这时，在砂砾深处

天神在沉睡。

（刘儒庭译）

死　水

偌大的一池沤物的死水
——沼泽的幻梦，
电闪中忽而青紫，忽而惨白，
酷似我的一颗心。

四周的白杨和冬青黯淡无神，
树叶和果子也昏昏沉沉，
西南风阵阵呼啸而过
泛起条条阴沉的皱纹。

我的心，恍如回忆
在水中释放出层层涟漪，
缓缓蠕动，而后泯灭：
死水犹如你的亲姐妹。

（吕同六译）

大　地

夜晚，

静谧的阴影，

万物在你的摇篮里

安息。

驾乘轻柔的晓风，

我在你的怀抱中

翱翔。

迎着幽微的和风，

大海吮吸你的

芳香。

天边刚出现熹微的晨光，

亲人们走向海滩，

肩背鱼篓，

挂起满帆，

离别之歌在海面荡漾。

荒夷的山冈

吐出嫩草的平原

听任牲畜践踏、吞噬。

啊，大地

你的苦痛

怎不叫我碎了心肠！

（吕同六译）

白日沉沦

上帝，我孤苦伶仃，

在你的白日之中，

这白日将一切光统统锁定。

我对你无所畏惧，

爱之路漫长迷茫，

我没有恩惠，

也不会忧虑地自我歌唱，

这样的歌只能使我永无冀望。

我爱你投身于你；

白日沉沦，

我从天空搜集起阴影：

我的血肉之心

痛苦如焚！

（刘儒庭译）

空　间

相同的光把我关进

黑暗的中心，

我想逃但徒劳无用。

有时一个小孩在那儿歌唱，

那不是我的歌声；空间很小，

死去的天使在微笑。

我被粉碎，那是对大地的爱，

这爱深沉，尽管它能使水

星和光的深渊发出响声；

尽管它在等待，等待空空的天堂，

等待它的心灵和岩石的上苍。

（刘儒庭译）

古老的冬天

在火的阴影中
我渴望你纯净的双手：
它们舒散着橡木和玫瑰
还有死亡的气息。
古老的冬天。

鸟儿寻觅米粒
瞬息间披上白雪的银装；
语言也是这样。
些许阳光，天使的光晕，
还有昏雾；树木，
和我们全是早晨空气的造物。

（吕同六译）

莫名的悲伤

旧野上满是白色黑色的根芽

飘逸着令人悸动的芳香，

蚯蚓和流水把土地一遍遍耕耘。

一缕莫名的悲伤

隐隐骚动在我的心房。

死亡并非我惟一的归宿，

不止一次，我的心头

体验到泥土和青草的分量。

（吕同六译）

听到季节在空中飞翔

含混的笑切开你的嘴唇，
这使我心头充满痛苦，
成熟了的焦虑的回声复苏，
它的符号触到了
高兴的黑色血肉之躯。

听到季节在空中飞翔，
晨的赤裸，
短暂的光互相碰撞。

另一个太阳，从它来的是
这默默地讲到我的分量。

（刘儒庭译）

死　者

我恍惚听得他们呐喊的声音，

干渴的嘴唇想喝一口水，

舞动双臂，向着天庭。

茫茫的天庭，

比死者更苍白呀！

他们时时向我轻声召唤，

光裸着双脚

走得并不遥远。

喜鹊在溪边啜饮，

和风把金雀花搜寻，

树枝莫非要托起星星？

（吕同六译）

如此清澈的夜从未战胜你

如此清澈的夜从未战胜你，

如果你向微笑开放并好像

所有的一切成为一架阶梯，

它深入到圆的梦中，

这梦随时在我心底。

关闭的房中的畏惧就是上帝，

那房里静静躺着一具尸体，

它是所有一切的圆心：

海、云、大风和宁静。

我投向大地，

在寂静中高声呼叫我的名字，

这就是我感到还活着的甜蜜。

（刘儒庭译）

没有任何人

我可能是个孩子，

这孩子害怕尸体，

但死亡在呼唤，

要把它同所有创造物分离：

孩子、树木和昆虫；

同心中有痛苦的一切事物分离。

因为他不再有天资，

道路黑暗迷离，

而且没有任何人

再能使他哭泣，

上帝，在你身边哭泣。

（刘儒庭译）

你呼唤着一个生命

忧伤，爱的劳作，

你呼唤着一个生命，

它的内心深深镌刻着

蓝天和花园的姓名。

我的血肉之躯

或许竟是恶的赠品。

（吕同六译）

清澈的海滩

我这个凡人的生命

多么酷似你，清澈的海滩，

你引来卵石、阳光，

让喷涌的浪花

演奏出与幽微的和风

不和谐的音乐。

倘使你唤醒我，

我倾心谛听你，

每一瞬间的停歇

是无垠的天宇，令我心旷神怡，

是清爽的夜幕下

树木的宁静。

（吕同六译）

镜　子

残折的树干

吐出茸茸的娇蕊，

一蓬比芳草更鲜嫩的翠绿

令心魂陶醉，

树干仿佛已经死去，

倒向一泓浊水。

周遭的一切

全把奇迹向我纷呈；

我是那粒粒水珠

从飞云中抖落，

在溪流中映照

今日分外清明的天宇，

我是那冲破树壳

今夜却消隐无踪的翠绿。

（吕同六译）

胡　同

你的声音几次三番呼唤我，

我不晓得，我的心湖里

流水和蓝天悄然苏醒：

太阳像透过网络

把斑驳的光投洒在你的墙上，

几家店铺

静夜摇曳的灯光下

凉风与忧愁轻漾。

那另一个时代啊：

纺车在庭院嘎嘎作响，

狗崽和孩子们的嗷嗷哭泣

在夜空流荡。

胡同里的房屋

排成一座十字架，

它们发出胆怯的呼叫，

却不晓得

这是孤寂在黑暗中的恐慌。

（吕同六译）

我贪婪地伸开我的手臂

上帝，我站在这里，如此消瘦，

弱不禁风；路边的尘土，

风刚刚把它吹进你的赦免之中。

然而，如果我过去不能使自己消瘦，

远古的粗野之声仍然粗俗，

我贪婪地伸开我的手臂：

请给我痛苦，这正是日常的饭食。

（刘儒庭译）

归 乡

纳伏那广场①夜幕沉沉，

我孤寂地坐在石凳上

凝眸眺望灿烂繁星，

一颗凄惶的心寻觅宁静；

童年，在普拉达尼河②畔，

我也曾这样张望闪烁的星辰，

默默地祈祷，

周围一片迷蒙的黑暗。

驾着记忆的轻舟，

我重归遥远的家乡：

芦席上依旧晾着

拉文达③桂竹和生姜，

散发出缕缕沁人的清香。

啊，妈妈，我和你

---

① 罗马市中心的广场，以雕塑群著称。
② 西西里岛的长河，流入地中海。
③ 香草名，夏季开花，花穗可提制芳香油。

坐在昏暗的角落里，

我多么想悄悄地

对你讲述"游子归乡"的故事；

它好似一曲低回的乐章，

袅袅不绝，

又似我的忠实的伴侣，

形影不离。

游子的重归何其短暂，

当生活的道路把我呼唤

我再也不能伴随母亲；

茫茫的夜晚我又离别家乡

惟恐黎明把我苦苦挽留。

啊，生活的道路

赋予我诗与歌；

那饱满的麦穗临风摇曳，

那橄榄园里乳白色的花朵星星点点，

那水仙花、亚麻花绽开蓝蓝的笑靥；

更有那西西里的夜，

乡村小路扬起一溜尘烟，

车轮凄凉地轧轧滚过，

赶车人轻轻地哼起一支歌，

那一盏清冷的马灯啊，

晃晃悠悠，

仿佛一星萤火的幽游。

（吕同六译）

夜鸟的巢儿

山巅

有一棵高高的松树，

扭曲的树干

仿佛弯弯的长弓

俯身谛听深渊的

呢喃细语。

夜鸟

在树上做巢栖息，

扑棱棱地

一阵翅翼的拍打声

惊破幽寂的长夜。

我的心

在黑暗中惆怅迷乱，

它也有自己的

巢儿和声音；

同样在谛听

长夜的抒情。

（吕同六译）

我失落了一切

另一种生活接待了我：

陌生人中的落寞，

些许的面包。

我失落了一切，

失落了美和爱，

却拣得欺骗，

还有惆怅。

（吕同六译）

消逝的笛音

（1930—1932）

消逝的笛音

悭吝的惩罚，

你的恩赐姗姗来迟，

在我这被抛弃的

幽叹的时光。

一声冰凉的笛音

抒奏出长青叶的欣喜

——但不是我的欢悦，

又飘然消逝。

夜的帷幕在心中升起，

雨珠跌落在

我那似荒草蔓生的手掌。

疲弱不堪的羽翅

在昏暗的穹庐振荡，

心儿飞走了，

我是一片荒漠。

岁月犹如瓦砾场。

（吕同六译）

桉　树

在我心中成熟的不是甜蜜，

而是来自每一天的

惩罚，

这时间日复一日，

随着苦涩的树脂的气息。

在我内心，

一棵树被睡意蒙眬的河岸摇动，

可爱的树叶，

飘摇在苍穹。

你轻轻向我走来，啊，

少年的气息，

今天你又引起我的回忆，

少年时代多么脆弱，因为它有一个秘密，

那便是，喜欢向着平静的水面娓娓低语。

这是清晨的岛屿：

金色的野狐

被一泓泉水困住，

它正在黎明的微曦中挣扎忙碌。

（刘儒庭译）

致我的土地

太阳在我的梦中扩大膨胀，

树木在鸣叫欢唱；

在多事的清晨，

船开始远航，

可爱的海的季节

使新生的海滨激荡。

我在这里病倒又苏醒，

我看到了我爱过的别处的土地，

还有那歌声中的怜悯，

这歌声使爱发芽在我心中，

爱活着的人和死去的人。

我的痛苦重又发芽，

但双手伸在你的上空，

伸向你的枝杈，

因为痛苦而沉沦的女人，

无尽的时间

不会触动她们，

时间只会使我迟疑使我消融。

我投身向你：新的旅程

在我心中，

在黑暗中，

可以听见天使轻轻的脚步声。

（刘儒庭译）

歌的诞生

一泓清泉，

又一片彩霞喷涌，

树叶吐出朵朵妖冶的火焰。

我仰卧在河边，

一座座小岛

一面面影与星的明镜。

我在你蓝色的胸怀里销魂荡魄，

往日的生活中

我从来不曾领略过快活。

我要重新获得你，

哪怕就是死亡，

纵然年轻孱弱的躯体充盈着

惆怅。

（吕同六译）

青草之憩

青青的野草在阳光下成长，

在光秃秃的地上

转瞬即逝，

然后从深渊中升起：寸草不生的土地，

是我的土地，它使我欣慰舒适。

我已进入梦乡：

多少世纪，

青草在休憩，

它的心和我在一起。

死亡把我唤醒：

我更加孤独，更加孤零零，

凄风吹进渊底：

暗夜昏蒙。

（刘儒庭译）

潮汐的古老光中

在我心中
升起一座孤城，
于是我深入
潮汐的古老光中，
河岸边的
那些坟茔，
由于有了那些梦中的树木，
这欢乐已无影无踪。

我呼唤自己：镜中反射出
可爱的回声的声音，
甜蜜的秘密，
在空气的大崩溃中跳动。

我十分疲倦心神不宁，
因为过早的复苏已来临，
那是我早已习惯的惩罚，
在时间之外的时辰。

我听到你的死，

在植物血脉

冰冷的跳动中，

它们已没有根基：

鼻孔中只有轻微气息。

（刘儒庭译）

话　语

你在笑，因为我为那些音节而消瘦，

我面向天空，面向山丘，

蓝色的篱笆把我围住，榆树辐辏，

水声在颤抖；

这幻觉多么新鲜，

由空中的云和色组成，

空中阳光昏蒙。

我知道你。在你那里一切成为一刹那，

感觉使美升华，

在腰和甜蜜的运动中深挖，

因可怕的耻骨而扩大，

然后又深入到外形的和谐，

带着十个贝壳来到漂亮的脚下。

但是，如果我把你抓住，于是：

话语，你也成了我和悲哀。

（刘儒庭译）

这笑来自刚刚仰卧鲜花中的女人

从夜雨透出的焦虑，
和那天空中云的变幻无穷，
像摇篮轻轻摇动，
便可猜出这时刻晦暗阴郁；
我已死去。

一座城池在半空高悬，
那是我的最后流放地，
过去的甜蜜女人们
把我叫到身边，
母亲，年华使她反倒年轻，
她那可亲的双手在玫瑰中挑选，
挑那最白的花朵编成花环，
轻轻放在我的头顶额前。

外面是夜，
众星沿着它们
金色的轨道严格运行，

转瞬即逝的事物

引我到秘密角落，

以便告诉我，

花园大门洞开，

向我解释生活的莫测高深；

但这最后的笑使我更痛心。

这笑来自刚刚仰卧鲜花中的女人。

（刘儒庭译）

小　弯

原谅我吧，上帝，不要憎恨

使我一无所有的年代，

这样便把已开始的惩罚改变：

生活的小弯

使我仍有充裕的时间。

请给我以顺利航行的风，

或者大麦种子或者病虫害，

只要它能表现出确有自己的未来。

爱你并不难，

在阳光下的草丛，

或者在皮肉间的褶皱之中。

我希望过这样一种生活：

每个人都赤足蹒跚而行，

都在摸索都在探寻。

我又被留下：孤独奔走，

深深的夜色一直罩住北斗，

对鲜血的汩汩流动，

也不会给一个出口。

（刘儒庭译）

一个被埋葬者在我心中歌唱

我到处流浪；

影子披拂着月桂

栖息在空明的穹苍。

爱也莫能让我分享

草木快活的和谐

在孤独的时辰，

天堂与沼泽

卧躺在死者的心灵。

一个被埋葬者在我心中歌唱，

音浪回环奔突，

似乎要留下

另一条道路的印痕。

（吕同六译）

同　志

我不知道是什么光把我唤醒：

那白和天蓝的婚礼的椭圆

正在下跌，在我内心成了塌方，可爱的新生

是你触动了我，

静默中少年时的形象清清楚楚：

刺痛的羊的神秘之眼，

以及一只使我无法忍受的狗，

那是一个丑而严厉的同志，

他有着瘦瘦的肩胛骨。

我曾爱的那个伙伴，

总是高人一筹；无论是

击棍还是打水漂儿，

不过，他总是沉默不语，

也从无笑脸。

他在异乡长大，

经历过不同星球的土地和大气：

油灯光下神秘的旅行，

晚梦使我昏沉沉，

只听到鸡舍的歌声，安详从容，

还有清晨炉边的木屐声，

来自衣冠不整的女佣。

你使我痛苦

你的名字的亮光也没有给我清亮，

而是这羊的白光使我舒畅，

我那埋在心底的白羊。

（刘儒庭译）

圣像中的小修士的埋怨

我的生活艰苦难挨，
我的上帝；
我的青春已经苍白！

一个昆虫横行之夜，
隆隆之声十分猛烈；

我的腰带松开，
长长的内衣却进了草间。

我梳理我的肌肉
它早被蛀虫蛀空：
啊，我可爱的骷髅。

我将自己深深隐蔽，
一具尸体正啃吃尿湿的土地。

啊，上帝，

我后悔，

不该把我的鲜血赠你，

那是我的最后庇护地：

我请求宽恕和仁慈！

（刘儒庭译）

将死亡抛诸脑后

春天将草木与河流唤醒，

可我听不见大地躯体内的声音，

为了你，我心驰神飞，亲爱的。

将死亡抛诸脑后，

相悦的心灵融为一体，

在世界末日的尘嚣中

我们已然芳华乍吐。

没有人听得见我们的絮絮私语，

我们的血液汩汩畅流！

我的臂膀

化作翠绿的枝叶

开一朵鲜花，

将你紧紧偎依。

一习微飕吹度

花木、岩石、清泉，

催发出万物勃勃生机。

（吕同六译）

祈 雨

一抹馨香从云天

飘落在草地，

初夜的细雨。

轻飘的声音，我在谛听：

干渴的心享受了最初的蜜甜

美妙的歌音和解脱；

你使我这哑默的少年陶醉，

我惊奇于另一般生命

另一种运动

骤然的苏醒

——黑夜的表情和奕容。

爱濡染蔚蓝的天空，

雨珠纷纷地

光亮；

爱濡染我们的心魂，

大地上每一条

小溪。

（吕同六译）

秋

温柔的秋，

我将你紧紧地搂抱，

我俯下身，用你清澈的潭水

滋润我的口唇，

蓝天、翠谷和树影

悄然地隐遁。

在坎坷的人生途程，

我与你相偎相依，

在你的怀里

我消融，复苏。

造化的树上

哆嗦地飘落的枯叶，

在你的心地

重又获得生命的乳汁。

（吕同六译）

致黑夜

从你的胎体里

负心的我呱呱坠地，

独自涕泣。

天神们和我

一道默默地行走，

万物敛气屏息，

千百种音响

化作浩渺的天穹的静默，

顽石的死寂。

你的亚当

并不明白，但心碎肠裂。

（吕同六译）

在我接受治疗的时日

在我接受治疗的时日，

上帝，一切听你安排，

我的病并未治好，

烦恼又把我的膝盖裂开。

我毫无办法，只能听之任之；

春天的声音，

像一座树林，

在我的双眼的土地上诞生。

（刘儒庭译）

圣人坟墓中的变形

死人们正在走向成熟，

我的心同他们在一起。

那是最后的一丝情绪，

在地下深深地怜悯自己。

湖滨树木的一束亮光，

在坟墓的玻璃中摇晃；

这黑色的突变把我蹂躏，

无名的圣人：绿色的幽灵们

向撒下的一颗种子呻吟：

我的脸就是他们的早春。

黑色的回忆诞生

在砖砌的井底，

一个被埋葬的鼓形水车的回声：

这是你消瘦苍白的

遗骨。

（刘儒庭译）

因为新的清白向我降临

今夜你有欢乐的声音

因为新的清白向我降临，

今夜，

我忍受了可悲的欢乐的诞生。

白色在那里震颤，

双手高高抬起；

我躺在你身上，

带着我的生命一息，

所剩的血液只有几滴，

我忘了歌唱，

这歌曾使我奋起，

身旁夺走我的女人也曾如此。

我这不幸的树啊，

该是多么悲凄。

（刘儒庭译）

岛①

对你的爱

怎能叫我不忧伤,

我的家乡?

橘花

或许夹竹桃

清幽的芬芳

在夜空中微微荡漾。

一湾碧蓝的流水

催动悄然东去的玫瑰,

落花轻舔堤岸

在静谧的海湾低回。

我依稀回到你的怀抱

街头隐隐飘来

温柔而羞怯的声音

① “岛”,系指诗人的故乡西西里,位于意大利最南端,四面环海,气候温和,盛产柑橘,遍开夹竹桃花。按照当地的风俗,洁白的橘花是婚喜的象征。

呼唤我弹拨诗人的琴弦，

我茫茫然

这似乎是童年

又仿佛是爱情。

一腔乡思

蓦然翩飞，

我赶忙潜入

永不消逝的逍遥往事。

（吕同六译）

死者睁大眼睛的地方

我们走过一排寂寥的住房

在那里，死者睁大着眼睛，

已然成熟的少年们

脸上挂着凄然的苦笑，

枝丫拍击静默的窗棂

在子夜时分。

我们的声音和死者一般，

诚然我们有时依旧是生者，

青山绿树的一腔衷情

引导我们走向河畔，

期待我们的惟有梦幻。

（吕同六译）

把我的日子给我

把我的日子给我；

因为我仍在寻找

多年前那个平静的面庞，

水的旋涡

使它重新清澈透亮，

因为我为爱自己而痛苦神伤。

我在你的心上走过，

又来到不眠的群岛，

岛上的明星闪烁，

深夜，这岛成为我的兄弟，

它是疲倦的浪中冒出的化石；

秘密的运行轨道弯弯曲曲，

我们大家在那里拥挤

还有青草和岩石。

（刘儒庭译）

恢复健康

我深深地热爱，
这使死亡不会向我走来，
但这死亡越是推迟
便使我越是接近它的形式。

像水藻一样随波漂移：
我在黑暗的协议中寻觅，
寻找深深的觉醒，
天边阴云浓密。

和风轻轻
深入我的血液中，
这已是失败和过去的声音，
双手重又诞生。

双手交叉，或者手掌相对，
然后又尽力伸长。

干涸痛苦的心

对你感到吃惊，

无法再拥有的青春。

天　使

纯洁的天使美梦沉醉

在背阴的山坡

玫瑰丛中，

半侧着身子

柔腴的双手叠成十字。

我的声音惊醒了她，

花儿般鲜艳的

腮颊，向我绽放

娇媚的笑容。

她歌喉婉转，

我的一颗心怦然悸动

天空露出青色的曙光。

天使是我的；

我占有了她——冷冰冰地。

（吕同六译）

掩藏的生命

穿越时间和空间

在随风倒的野草中

没有预兆的光明；

风，清新的风并不刮向

声音的框架和突然的清新，

在它沉默时天也显得孤零。

给我掩藏的生命，

如果你不能给我，

那么我也只好深藏，

在夜间，葬身辽阔的海洋。

我会失事：在任何一个音节我都想

从地下挖出你的光亮，

在阴影中扩充生长，

树要么变成石头要么变成血浆

在心灵焦虑的形式下

这形式本身会死亡，

我自己被苦难吞噬，

这苦难使我平静，

有如置身爱的海洋。

（刘儒庭译）

星和宁静的运动

如果我胜你就会使我高兴，

这是阴影的交点。

现在除了宁静，

不能使空气和山丘

可变的面貌得到满足，

只会使光转动它的天空，

那是在黑暗的边沿挖出的天空。

星和宁静的运动，

夜里把我们扔进飞逝的错觉：

河水在每一河口冲出石头。

孩子们仍在你的梦中熟睡；

我也听到时而传来的叫声，

这叫声时而使人肉跳心惊

时而又使人心宁；

击掌之声和一个甜蜜的唤声

使我不知不觉中

打开心扉。

（刘儒庭译）

带来高深莫测的黑暗

你来到我的声音中：
我看到了宁静的光亮
降临到光线的阴影中
成为你头上的星云。
我吊在半空，天使和死人
拱上的空气莫不使我吃惊。

这声音不是我的；但我进入空间
它又重新出现，它在我心中震颤，
带来高深莫测的黑暗。

（刘儒庭译）

睡鼠在水中腐烂

睡鼠在水中腐烂，

周围是草木形成的黑暗，

这水穿过一丛丛山毛榉

静静浸透

千疮百孔的树干。

像睡鼠一样，时间也在消遁：

最后的扑腾停止，

只剩一片甜蜜的宁静。

我不把你当做屏障，

沉浸到梦中，

清新高兴：

已有的性重新有了血液也无用。

（刘儒庭译）

种　子

阴影下的树，

岛屿在广阔的水族馆中飘荡，

病态的夜，

在生长万物的地上：

我的心上

展开云的翅膀

它的声音在回响：

在我体内不曾活过的任何东西，

也不会有死亡。

你看到了我：我是如此轻松，

如此深入事物

以致我同天空一起飞翔；

当你要

把我当种子种下

我为沉睡的重量压得疲倦。

（刘儒庭译）

第一天

开阔的水面平静

在我心中唤醒

古老的飓风，

小小的妖魔受惊。

在两个极的荒凉星球上，

同我一起受震动的星

在我的黑暗中显得轻盈，

在快速的曦光的沟中：

那是悬崖和云的爱情。

我的血是你的，

上帝：我们都会死去。

（刘儒庭译）

绿来自……

深夜

阴惨惨的亮光，

懒洋洋的钟声沉寂了。

请别对我说话，

我对歌声的爱消失了，

但时光依旧属于我

一如我与云天、丛林畅叙心曲的年华。

昏睡从天穹

直落到烟波粼粼的水面，

房舍沉沉入眠了

把群山带进梦乡，

天神披着雪花在桤木上栖隐，

仿佛一纸风筝

星星映在朦胧的窗棂。

绿来自小岛，

来自挂满风帆的口岸，

伴随着咿咿呀呀的桨声

水手们追云逐浪，

给我抛下那光裸、雪白的战利品：

轻轻地把它抚摩，

隐约可闻流水与礁石

低低切切的微语。

田畴恍如没入

晶莹的宝瓶星座，

萦怀的愁绪与运动的生命

融入静穆的天穹。

获得你叫我惊慌失措，

欣悦的热泪簌簌涌流，

忙把小岛亲切地呼唤。

（吕同六译）

像梦中的河一样新鲜

在同舟共济的夜间，

在它幸福的岸边，

我找到了你，

现在发掘出的是新的兴奋的温暖，

没有出海口的生活的苦涩的恩典。

童贞的道路摇摆

像梦中的河一样新鲜：

我仍然毫不吝惜

在宁静中听到了你的名字，

在死人们呼唤之时。

一方天地

在心中消失。

（刘儒庭译）

两性环节动物

水的静静的冬眠：
雪让位于蔚蓝。

那是我在地上
每一小时的回忆，
英国山楂的天使。

我给你带来打过的谷，
上面已没有种子；人们习惯
从内心怜悯瘦叶
有如死亡把我帮助。

从泥泞中生出
粉红色的
两性环节动物。

（刘儒庭译）

形状难看的树

太阳的光辉，现在已经成熟，

这光唤醒了四周，

唤醒了形状难看的树，

夜间吮吸水分

那时语言模糊，

阴影延续

在篱笆前弯弯曲曲。

百无聊赖的时日

把我从悬空里掠去，

（那是荒无人烟的沙漠一片死寂）

从那金绳捆着的

宁静的密林把我掠去，

即使是狂风大作

飞沙走石

连星星也能吹移，

但这狂风不能使那密林有些许声息。

心在地下发现了我，
血肉新鲜像月桂当空，
有猛禽的劲翅
和教堂的圆拱，从这里
飞向晨星所在的苍穹。

无知的我已经觉醒，
只因有了地上的生活。

（刘儒庭译）

我染上了重病

朽树的根发出

感激的叹息；

我深深染上了重病，

让我脱胎换骨吧，

哪怕皮肉受尽煎熬。

（吕同六译）

卸白衣主日^①的祈祷

上帝啊，请你不要背叛我，

因为我在出生前

已由各式各样的痛苦构成。

（刘儒庭译）

---

① 卸白衣主日是复活节后的星期日。古代，新入教者在这一天将穿了整整一周的白衣换下。

厄拉托与阿波罗

（1932—1936）

致厄拉托 ① 缪斯

委付于你啊，

一颗孤凄的心，

把阴冷晦暗的思想驱除干净，

却执著地更新和爱恋

那恍如我们的昨日

而今在暗夜中隐翳的一切。

你的脸容闪烁着新月似的光环，

当第一声叹息

吞噬我的心的时候，

你在我的面前飘然显现，

霎时间我脸色苍白

洒满阳光的嘴角漾出迟来的微笑。

为着追求你我失去了你，

但我终不悔恨；

---

① 希腊神话中分管爱情诗的女神。

你依旧那么光彩照人，

亭亭玉立的美姿犹如幻梦，

死亡的宁静乃无比的欣悦。

（吕同六译）

阿波罗 [①]

群山黯然失神

沉入阴森的梦境。

韶华与死亡

一起降生，啊，阿波罗；

我却依旧举止迟钝

负重着一颗失去记忆的心。

我向你伸出伤痕累累

失去和谐的双手，

可爱的毁灭者。

（吕同六译）

---

① 阿波罗，希腊神话中美和光明之神，也是音乐与诗歌之神。传说阿波罗生下仅四天，便用金箭射死了象征黑暗势力的巨蟒；后又在特洛伊战争中用神箭射死了许多希腊人，把瘟疫降到希腊军营，并帮助帕里斯用暗箭射死希腊英雄阿基里斯。

死去的白鹭

翔落灼热的沼泽，
栽入虫豸麋集的污泥，我哀悼
死去的白鹭。

我跌入声与光的罗网；
被忘却的一声吟哦
沉没在渐次荒凉的
回声。

但愿有朝一日
在记忆中我尚未遗落
你的音容笑貌。

（吕同六译）

在"白色土地"的山丘

我在白天里幸存

我和树木忍受了不幸。

这样的事情太无情；

对病弱的绿色女友，

对雨中俯首顺从的

冰冷的云。

海上夜色深沉

怒吼把恶魔压进

干瘦的肉中。

痛苦已近尾声，

可爱的大地的回声使我们高兴；

或者是大熊星座严格的宁静。

（刘儒庭译）

你的幸存之光

我生于你的幸存之光，
在碧波粼粼之夜。

令人心旷神怡的空气
围着安详的树叶。

暂时存活的心
从活人心窝拢出，
我已到了无用的顶点。

上帝，你的话
是令人可怖的礼物，
我要不懈地报答。

我被死人们唤醒：
每个人只顾攫取
自己的女人和土地。

在五脏六腑的黑暗之中
你看到了我的内心：
任何人都不像我
这样丧失信心。

我一人独行形单影只，
有如一座孤单的地狱。

（刘儒庭译）

失 眠

鸟儿快乐的啼叫
刺破柳烟迷蒙，
树木把大海染得碧绿。

多不和谐啊。
时光撕碎了我心田生发的欢愉；
落叶簌簌
载着它几多的回音。

我这个迷茫汉的爱
竟是失去情人的记忆，
蓝天在亡者身上烙下闪亮的印痕，
静穆的星斗坠入一湾碧水，
昏倦了，轻柔的雨丝，
歌声飘荡，在永恒的黑夜。

（吕同六译）

潺潺的河水时常……

潺潺的河水时常
炫射着繁星安详的清辉，
硫磺熏过的蜂箱悬在我头顶
摇晃。

蜜蜂酿蜜的时候，
我那噪音依旧清新的喉头
流淌着蜜浆。
一只乌鸦扇动翅膀
在正午灰暗的砂岩上
翱翔。

撩逗人心的风光：
死亡赋予它阳光的恬静，
黑夜赋予它黄沙的低语，

沦丧的祖国的声音。

（吕同六译）

攸利赛斯^① 岛

古老的声音停歇了。

我听到瞬息消逝的回音，

夜色冥冥

一湾星光灿烂的浅川

失落了我的回忆。

攸利赛斯岛

在天火中诞生。

淙淙流水催动蓝天、绿树

伴随月光洒落的堤岸的喧哗。

蜜蜂给我们捎来珍宝：

变幻的时运，

内心的奥秘。

（吕同六译）

---

① 攸利赛斯是传说中的希腊伊塔刻岛国王，以足智多谋著称，在希腊人远征特洛伊时，他施用木马计，攻陷了特洛伊。战争结束后，在还乡途中漂流海上十年，历经种种艰险。

冬季的盐田

温柔甜蜜，你从未在我心中沉睡，

有一天你化作一片光辉

世间的一切在这明媚中活动

自然是在各自的明确范围之内：

向着晴空歌唱，

与人的笑多么相类。

盐田：冰冷的盐田。过去已是

明确的标志

水在变化

按照不可抗拒的形式，

以自己的规律找到和谐一致。

看，沼泽地的鸟在空中飞过

这飞翔多么令人恐惧

有如新生儿的哭泣。

在可怜的地衣间，面对痛苦

黑色的石头放出光辉：

祸事之根

生于水上，

一片树叶尚绿

躺在地上显得多余。

（刘儒庭译）

撒丁岛 [①]

曙色熹微

月亮闪着最后的一缕清辉，

大海拉开湛蓝的帷幕，

嘤嘤啜泣。

海鸥啁啾

飘荡着生命的气息，

在这令人断魂的海口。

我这个西西里人

有着何其相似的经历。

那个纯朴的岛民，

闪电般灼灼放光的独眼

苦苦地求索，

他搬动峭壁岩石

检验自己双臂的威力。

---

① 撒丁岛为意大利的另一大岛，有着同诗人的家乡西西里岛一般古老的历史，一般贫困的现实。1934 年诗人曾在此短期居住。

风风雨雨侵蚀了花岗岩，

在沉重的酣眠中

海水升华了

凝作晶莹的咸盐。

怜悯把我丢弃，

在这里，饱经沧桑的伤悲，

我又重新寻得

情深意浓的爱；

西利夸^①萦回缠绕，

在我的记忆里

它的荒郊野地上的牛粪，

尖圆形的屋脊

倾圮的乱石。

幻化的海市蜃楼的沙漠，

野草离离的山冈

在心中嬉戏；

温馨的微飔送来爱的慰藉。

（吕同六译）

---

① 撒丁岛首府卡利阿里附近的小镇。

云天的光明

池塘上飘起一片柔和的薄雾，
熊熊的火焰也熄灭了
在疲惫的心中。

啊，芳华乍吐的岁月多么珍贵，
但已经无可挽回。
不是啊，我本可钟爱尘寰的一切
无论是遭逢云天的光明
或者狂风的幽冥；
万千幻影间
我心爱的人姗姗来临，
她的微笑里漾着我的身影，
绰约的风姿把爱召唤。

我独个儿诉说
茫然失落的欢情
微风拂动的灿灿可爱的光辰
碧绿的野川和青青的芳草。

在死寂的孤岛，

离弃了所有的

曾倾听我的声音的心，

我留在了封闭的人境。

（吕同六译）

石　牢

黑影和树叶絮絮私语，
荒芜的草地上
死者相爱相恋。
我听见了。

夜是死者的亲人，
我的明镜，
照亮常青的松柏环绕的石牢，
座座坟茔，

照亮地下的石盐矿井，
和有着美妙诗情的
希腊名字的溪流。

（吕同六译）

我这个凡人的气息

腐朽的树上

妖魔喧嚣，

仲夏在蜜甜中酣眠，

蜥蜴沉睡于可怕的童年。

把我这个凡人的气息

赋予天神，

把我那颗沉落在黑魆魆囚室的心

用甘露洗涤。

（吕同六译）

在人类的正确时刻

风在霞光中飞过，
鸽的可爱的时刻已退缩。
对我对水对树叶来说，
这是惟一活的东西，或者是愉快的
思考；白夜
你的声音令人欣慰
充满激情和欢乐。

美使我们失望，任何形式的
消遣和回忆也是如此，
易逝的活动在情感面前裸露
在内心的闪光之镜前裸露。

但从你深深的血中，
在人类的正确时刻，
我们将无痛苦地再生。

（刘儒庭译）

外国城

另一个时刻到来：

向一颗星剥开

活在河上的香蕉皮。海湾边

粉碎石子的

粉碎机嘎嘎作响，旁边的大船静如青山，

粉碎机吐出黄沙如云烟；

面对汹涌的波澜

我不能说感到悲惨，

每天的时日不是我的财产。

死人们从马车上下来

迷雾中血染残骸，

车灯碰到铺地的石块。

长长的路上

黑色的叶子堆集

预示狂风将奔袭。

（刘儒庭译）

死亡的意识

碧树婆娑，

引发最美妙的乐音

领略雨露的情韵。

枝叶扶疏，

一缕柔婉的阳光

搂抱和煦的清风；

而我，受着爱的惊吓，

坠入死亡的意识。

（吕同六译）

空想的罪人

关于空想的罪人

人们记起无辜，

或者永恒；还有陶醉，

以及致命的污点。

他有你的善和恶的标记，

你可想象，大地的祖国

应在哪里。

（刘儒庭译）

新　诗

（1936—1942）

柠檬树上的黑喜鹊

教堂前面的草坪上
孩子们围绕着我
随着音乐的节奏
脑袋轻轻摇晃
跳起欢乐的舞蹈。

——或许
这是生活的真正信号。

黑夜升起了
忧伤的帷幕，
溶溶的月光下
青翠的草地上
人影婆娑！

——回忆
仅仅带来短暂的梦想。

是苏醒的时候了，

大海的潮汐已在澎湃，

这时光

已不再属于我，

只留下遥远的、

朦胧的幻影。

南方的风啊，

你舒发着柠檬花的芬芳，

请吹散吧

那洒在安睡的孩子

裸露的身子上的月光，

把马驹带到

润湿的牧场，

掀起大海的波涛，

驱走笼罩树林的乌云。

白鹭飞向海面

懒懒地嗅着

灌木丛中的污秽；

柠檬树上

黑喜鹊一声长鸣。

（吕同六译）

通向阿格里琴托^①的路

我依稀记得那里的风

骏马般呼啦啦地驰骋在旷野上，

马鬃迎风飘舞

卷起一团火，燃得熊熊；

阿格里琴托的风

啄蚀了一座座巨人的雕像，

他们悲怆地偃卧在草地上

心儿碎裂了。

古老的魂灵，

忧郁的魂灵，

去追随那风吧，

去闻一闻从天而降的巨人身上温馨的

气息。

啊，沦落异域他乡，

你是多么地孤苦伶仃！

当愁云笼罩你的心头，

① 阿格里琴托系西西里岛的一座文化古城，以古希腊残留的宫殿、庙宇和神话传说中的巨人的石雕闻名。

耳际又仿佛回响起

晨风轻轻掠过

向大海款款移步的声息，

车夫奏出一曲怨艾的笛音

在洒满皎洁月光的小径上袅袅升腾，

在橄榄树丛中潺湲流动。

（吕同六译）

亲切的山冈

远处的鸟晚上张开翅膀

颤抖着飞过河上。这时依然雨骤风狂，

杨树被风摇荡

在风中沙沙作响。像每一件遥远的事一样

你又回到我心上。你衣服上，

轻轻的绿色在这些树之间摇晃

这些树被闪电震荡，

闪电来自阿尔德诺^①的亲切山冈。鹰在飞翔

掠过高粱地上。

也许在这盘旋的高飞中

托付着我的失望的回归，

苦涩，被战胜的基督的怜悯，

以及这痛苦的赤裸刑罚。

你的头发中有一朵珊瑚花。

但你的脸是不变的阴影；

---

① 阿尔德诺是意大利北部伦巴第大区的一个镇。

从你乡村的阴暗房子

我听着阿达河的流淌和雨声，

这可能是一个人的有力步伐，

走在河边柔弱的芦苇中。

（刘儒庭译）

空气的牧人，你要什么？

又是牧人古老牛角的

叫声，刺耳地掠过

蛇皮的白沟之上。这也许是

阿夸维瓦①高地的喘息，

普拉塔尼河②在水下

在橄榄色孩子们的脚之间滚动着

蚌壳。要么是被束缚的风

摧毁一切，摇曳的光中

引起回声；空气的牧人，

你要什么？也许是在呼唤死去的人。

我的声音你听不见，在这回声的海洋里

你感到混乱，等着提起网的牧人们

低声的呼唤。

（刘儒庭译）

---

① 阿夸维瓦是西西里岛的一个小镇。
② 普拉塔尼河是西西里岛的一条河流。

伊拉丽娅^① 墓前

山冈沐浴着柔和的月光，

姑娘们穿着绛红、蔚蓝色的衣裙

徜徉在塞基奥河^②畔。

一切恍如你那幸福的时光，亲爱的；

天狼星^③渐渐远去，黯然无神，

一只愤怒的海鸥

翔落在荒凉的沙滩上。

清新的九月，

情侣们融融地漫步，

手势伴随着你熟悉的喁喁细语，

他们对别的全都无动于衷。

你安眠于九泉，可有什么怨诉？

你在这里孑然一身，孤苦伶仃。

我的惊愕的叹息，

---

① 伊拉丽娅，文艺复兴时期卢加城邦君主保罗·奎尼吉的年轻貌美的妻子，1405
年去世，葬于卢加大教堂。
② 流经卢加城的河流。
③ 此处喻炎热盛暑。

兴许也是你的，

也一样地饱含愤怒和惶恐。

啊，生者比死者更加遥远，

我的怯懦而缄默的朋友们。

（吕同六译）

黎　明

夜尽了
如盘的秋月
融入薄薄的熹微，
沉落在一泓泉水。

这里的九月
是一幅明丽的画卷，
晶莹莹的草地滴翠
恰似南国故乡
撩人的早春。

我和朋友们别离，
捧掬我的一颗心
埋藏于古老的石墙里，
孤寂地陪伴你。

你，
却比皎月更遥远——

曙色已经鲜明

石板上马蹄声声！

（吕同六译）

雨洒落过来了

雨向我们洒落过来了，

横扫静静的天宇。

燕子掠过伦巴第① 湖面上

惨白的雨点飞翔，

像海鸥追逐游玩的小鱼；

从菜园那边飘来干草的清香。

又一个虚度的年华，

没有一声悲叹，没有一声笑言

击碎时光的锁链。

（吕同六译）

————————

① 意大利北部行政大区，首府米兰，诗人当时落脚那里。

夜　雪

透过紧闭的窗门

我听见你在远处哀哀抽泣；

山村披雪挂冰，

寒风在牧人的茅屋里鼓荡不息。

记忆绝不是短暂的游戏，

雪花飘飘扬扬跌落，

屋顶消失于混沌，

古老病院的拱门勃然隆起，

殷红的大熊星座在烟缕中消隐。

在哪里，我的溪流的绿色堤岸？

在哪里，黄蜂昏睡的仲夏之夜的明月？

在我身后的昏黑中

惟有你受屈辱的呜咽，

悲叹我的长此分离。

（吕同六译）

高高的风帆

鸟儿翔落在我的屋旁

痛苦之树上，将树叶轻轻摇晃，

（这是一只猫头鹰

夜阑人静时分栖树筑巢）

我抬头遥望月亮，

瞥见一叶高高的风帆。

岛脚下的海水饱含苦味，

陆地迤逦远去，无边无涯，

低低的柠檬树环绕着避风港，

贝壳攀附礁石岩壁，熠熠闪亮。

心爱的人怀抱我的幼孩，

心潮似海水般荡漾。

我对她说："我疲倦了

因为那应和着桨橹的节奏拍打的翅膀，

因为那挟着明月清辉的微风吹进芦苇时

猫头鹰发出的凄厉的呼号。

我要出走了，

远远离开这座海岛。"

她回答我："啊，亲爱的，

一切都已太晚，让我们留下吧。"

于是我静静地谛听

那澎湃的潮音的起落，

那催动高高的帆舟的海风

把这喧哗声频频传送。

（吕同六译）

河　边

那一天完完整整地在我们面前消遁

带着翻转的帆船消失在水中。

松树离开了我们，

外貌像家舍上空的烟尘，

节日的海上景象

小马的旗帜

飘荡随风。

夜色宁静

直升到月的死寂中

又将布里昂扎山区的山尖磨平，

你还在盲目摇动

你要像树叶一样暂时停一停。

瘦小的蜜蜂

带着光秃秃的麦轻轻飞升，

维吉利埃山的光色已经变更。

河流飞旋扑腾

空谷响起回声

两小无猜的童年已成过去不复生。

我沉浸在

你额前闪光的血中，

在他痛苦的声音中

它来自沉默的脑中。

我所剩的一切已一去不存。

在我的岛的北方和东方

是石向可爱的水

带来风：在春天

打开斯维比人 ① 的坟墓；

黄金之王穿着鲜花的衣服。

怜悯的永恒外表秩序

在事物中循行

这使人想起流放的苦行。

在山崩之顶

巨石在那里永停，

① 斯维比人系德国的一个民族，原居住在勃兰登堡地区，后散居德国及瑞典部分
地区。

对付鼹鼠的牙的是它的根。

在我的夜晚

橘的香味的鸟

在桉树上空飞腾。

这里的歌仍在植物的

骨髓中；但巨石在孵卵

在托起它的大地的子宫中；

长长的花使篱笆有了空洞。

不计厌恶

只有多毛的花冠的人类温馨。

我听到你心中的微笑：

是什么样的太阳将奔跑中

女孩的头发抚平；

多么驯顺的高兴和混乱的惊恐

以及斗争的哭泣的亲切，

在一秒秒相同的时间中复生！

然而正如秋天，隐藏是你的生命。

今夜沉入

倾斜的井中；木桶滚动

向晨曦的圈中。

树回到玻璃那边

像华丽的船。

啊，亲爱的，

多么遥远，大地已逃避死亡。

（刘儒庭译）

马西诺山谷之夜

山间，

严寒的冬季，帆船之光

带来寂静：

这形象

是永恒的航行！一切在这里启航。

很快青蛙长成绿色：

那是树叶；有刺的昆虫

在渠道草上跳跃。

石磨在转，

空无一人，转向起伏的水中。

我将听不到海的巨响

沿荷马童年的海滨，

西南风吹过

南方之月照耀的孤岛，

女人们向死人叫着，

歌唱婚礼时的甜蜜柔情。

你像土地
有时又会出现，使我失望
使我不平。用不了多久
就能使活人死亡。

在幼年色彩的服装下
迈出步伐
模仿夜的
震耳欲聋的上升步伐。
但你的脸在扑通声中消失，
消失在折磨人的停顿之中。

田野回到山谷；乌鸦的
埋怨强烈。生活的存在
多么亲切，多么实在！太阳穴使我发现
这已是夜晚，警报是歌
使用的是低沉的方言。

我的日子一天不存。
这一成不变使我吃惊
它宽恕任何涌现的高兴
和立即变硬的根。

宁静的夜

超越寻求和谐的愿望，

我将努力在这小范围

磨练我的智慧，

在这寒冷之中，

它锁在我的体内。

致女舞蹈家库马尼的挽歌

密林和风

轻轻吹过山冈。

早熟在延长：青春，

血的青春，也有同样的惊慌。

水的足迹是河边的

清晨。沙的折磨在我内心

已耗尽，

随着心跳，夜在巡行。

一个极古老的呼喊仍在持续：

新的生物多么可怜

它们遭受袭击

死在清晨新雨后的乱草之间。

大地在这失望的胸中，

它在衡量我的声音：

你在跳你有数的舞蹈，

时间又在新的形象中飘摇：
即使痛苦，但面部却十分平静
因为甜蜜在胸中燃烧。

在这转眼即逝的宁静之中
暂时不要打扰我，
不要让我独处光下；

此时，在我心里温和的火焰中
阿娜狄俄墨涅①已诞生。

（刘儒庭译）

---

① 希腊神话中爱情、美的女神。

女预言家

月下充满雪松的气味，

我们听到雄狮对金梦的标志怒吼。

这是大地怒吼的预兆。

花冠的叶脉清楚露出

向着梦的太阳穴

还有你那俄耳甫斯式和大海式的声音。

像盐来自海水，

我从我的心里出来。

月桂的年代正在消融

以及不安的热情

和它的没有意义的怜悯。

梦的虚幻

渐渐消失

在你赤裸的肩上

像蜜一样甜蜜。

我跳到你面前，女预言家，

我不再是人。只是热月

神秘的雨夜。

它在你眼里入睡：

这正毁灭的宁静的天空

不曾存在的青春终于来临。

在孤独的星的运动中，

对着粉碎的麦粒，

对着绿叶的希冀，

你吼出的是我的本质。

（刘儒庭译）

强打起精神欢乐

树林

把黄昏点缀得愈加凄凉，

在那里

你最后的脚步

那么慵怠

淡淡地消隐，

菩提树

似乎才绽开花朵，

那么执著

为了自己的命运。

你寻觅爱的缘由，

在你的生活中体味沉默。

时间的明镜

向我显示另一番命运。

而今，美丽

已在他人的面庞闪耀，

它像死亡

令人心中悲哀。

纵然在这声音里

我已失去了纯洁无瑕的一切，

我这个幸存者

强打起精神欢乐。

（吕同六译）

月和火山的马
——给女儿

我住的岛上
绿色向着无边的海洋。

干的海藻，海的化石，
沙滩上可爱地跑着
可爱的月和火山的马儿。

在塌方的时间，
绿叶和灰鹤向着空中：
星星密布的天空
在巨光下仍发出光明。

鸽在飞翔
离开孩子们的赤裸臂膀。

这已是大地的边缘：
我劳累付出血汗，

造成了这座牢监。

为了你我不得不拜倒在
强人的脚边，
使我的强盗的心也显出蜜样甜。

但被人赶着
我仍在光的闪电中停步不前
双手伸开的孩子，
站在树和河边：

那里，长满希腊橘树的石牢
因神的喜歌而富足。

（刘儒庭译）

圣安蒂奥科 ^① 的海滨

在白垩土的胆汁中，

在昆虫的唑唑声中，

从地上升起浓黑，

那里住着你的心。

你已对河边的天空感到痛心

你毫无节制地生长发育

靠的是无法无天的族类的血液。

这里绿色沉寂

坏疽毁损这海上的空气，

海中白色骷髅密集。

你怜悯这些人的脊椎，

浪涛把它们冲洗，

留下一片盐迹。

你所记起的东西

---

① 圣安蒂奥科是撒丁岛的一个市镇。

唤起叹息的回响，

被遗忘的是死亡：

海藻上的标记

是星球的纯洁形象。

（刘儒庭译）

小花要飞走了

我对我的生命一无所知，

昏暗、枯涩的血液。

我不晓得

我爱过谁，现在又爱着谁，

如今我在这里瑟瑟蜷缩，

迎着三月的淫风

指陈似已明朗的时光的堕落。

小花要飞走了

从枝丫摇落。

我耐心等待

她的执著的飞航。

（吕同六译）

日复一日
（1947）

柳树上的竖琴

我们怎能歌唱

当侵略者的铁蹄

踏在我们的心上

烈士们的尸体

横卧在广场

冰雪淹没的草地，

无辜的孩子们

悲伤地哭泣，

善良的母亲

扑向钉在电线杆上的儿子

恐怖地哀号？

柳树枝头

我们的竖琴

高高地悬吊着，

在凄凉的晚风中

忧伤地摆动。

（吕同六译）

信

寂静

在街头僵凝，

秋风

慵懒地俯身

跟飘零的黄叶厮混，

又轻轻地浮升

跟五光十色的外国招牌接吻。

或许，这是难以向你

倾诉衷肠的悲哀

——新的一天尚未到来。

或许，这是怠惰，

我们最卑劣的祸害。

生活

岂能是心脏

恐怖而阴暗的颤抖，

生活也并非怜悯，

生活只是鲜血的搏斗

死亡是血泊中开放的花朵。

啊，亲爱的姑娘，
别忘却机枪子弹洞穿的墙头
殷红的天竺花。
今天，或许死亡
也无法慰藉生者
——哪怕为了爱的死亡。

（吕同六译）

1944 年 1 月 19 日

请听我为你^①

吟诵一位古人的诗章^②，

美妙绝伦的诗句

诞生在东方大地的

葡萄园、帐篷和河岸，

如今却显得那么悲凉、忧伤，

沉没在黑魆魆的战争夜晚，

夜空连死神也已消遁无踪，

狂悖的风不息地鼓荡，

凉台上的壁墙索索呻吟，

空寂的街道上

巡逻队的枪弹呼啸，

园子里一阵犬吠回应，阴冷凄惶。

有人还幸存着。

也许，有人还幸存着。

而在这里，我们潜心聆听

---

① 指诗人心爱的姑娘。
② 指古希腊诗人。夸西莫多本人又是位古希腊抒情诗的译者。

远古的诗人的歌音，

寻觅摆脱生活的祸患

和人间昏暗的命运的痕迹，

坟茔的废墟间

毒草的花朵正开放。

（吕同六译）

雪

夜色降临，

又离别了我们

大地上可爱的造物：

树木，牲畜，裹着士兵外套的可怜的男人，

太多的劳累而消瘦的母亲。

草地漫漫白雪

把明月似的清光投给我们。

啊，这些死者。

抚摩他们的前额吧，

敲打他们的心脏吧。

在这被埋葬者的白色墓园中

哪怕从沉寂中发出一声呐喊。

（吕同六译）

日复一日

日复一日：

罪恶的言语，

淋漓的鲜血，

光闪闪的金子。

我识别了你们，我的同类，

人世间的恶魔哟。

你们吞噬了慈悲，

践踏了基督的遗训。

我再也不能重归我的乡土。

筑起我们的坟茔吧，

在海滨，在炮弹撕裂的田畴，

但是，没有一块墓碑铭刻勇士的名字。

死神不止一次捉弄我们，

树叶瑟瑟地作响，凄凄切切，

东南风掠过荒寒的野地，

大鹬从沼泽腾起，飞向云霄。

（吕同六译）

或许只有心

细雨蒙蒙的夜晚

菩提树吐出扑鼻的清香。

全然失去了价值

欢愉的时辰，激愤的时辰，

它那电闪雷鸣般的啮噬。

在昏倦的忆海里

惟有片言只语

和举手投足的淡淡留痕，

犹如鸟儿在飘逸的云丝雾缕

安闲地翱翔。

我不晓得

你还在期待什么，

我的迷茫的心上人；

或许是期待呼唤开端

或终结的时辰。

但如今命运依然如旧。

这里烽火的黑烟

依旧窒闷人的胸臆。

倘若你能做到，

就请忘却那浓烈的火药味，

忘却那令人心悸的恐惧。

言语使我们困倦，

它们就像石块击水溅起的浪花。

或许只留存了我们的心，

或许只有心……

（吕同六译）

冬　夜

又是一个冬夜，

幽暗的乡村钟楼

消融了隐隐的夜声

乌云低沉

遮没了河水，

鲜花和草丛。

啊，朋友

你的心破碎了：

茫茫的原野

再没有我们的立足之地。

你在这里默默地洒泪

哀悼你的大地，

你把绣花的手绢

紧紧地咬啮：

别惊醒他啊，朋友，

冰冷的洞穴里

赤着脚丫的少年

在你的身旁长眠。

没有谁

向我们回忆母亲，

没有谁

向我们诉说故乡的梦境。

（吕同六译）

米兰，1943年8月

可怜的手，

你徒然在尘埃中摸索——

城市已经死亡了。

它是一座死城啊：

纳维利奥河^① 畔

响过了最后一声爆炸。

黄莺从教堂

高高的天线上坠落，

带走了日落前婉转的歌喉。

请别在院子里挖掘水井了——

生者再也不觉得干渴。

请别触动死者，

他们沾满鲜血，又浑身浮肿；

让他们安息吧，

---

① 流经米兰的河，此处喻指城市的心脏。

在他们家园的土地上：

城市已经死亡了，已经死亡！

（吕同六译）

墙

体育场的围墙，

在墙缝和芜蔓的绿草间，

闪电般蹿过

几条蜥蜴。

一只青蛙

轻盈地跳进水溪，

悠悠的鼓鸣

在我那遥远的

家乡夜空回萦。

你可回忆起

每当我们相会此地，

天空的星星

总是微笑吟吟

欢迎我们的身影。

啊，亲爱的，

落叶纷纷

几多光阴已消逝，

流水潺潺

几多鲜血染江河。

（吕同六译）

啊，我亲爱的禽兽

如今，秋天剥落了翠绿的山冈

美丽的衣裳，

啊，我亲爱的禽兽。

夜的黑影升起之前，

我们还将听见

鸟儿最后一声凄然的长啼，

灰暗的原野

感应吼嚣的大海的声音。

雨水浸濡树木的霉蒸气味，

兽穴里散发的污浊气息，

在街区，在人间，

是多么地浓烈，

啊，我亲爱的禽兽。

（吕同六译）

也许是墓志铭

这儿远离人世，

太阳照耀你的鬈发，

又映出蜜一般的光泽。

树上夏日的最后蝉鸣

把我们一声声唤醒。

伦巴第原野上

滚过汽笛沉重的警报。

啊，被空气灼热的声音，

你们渴求什么？

大地上又一缕忧思升起。

（吕同六译）

我这个游子

啊，我又回到静寂的广场：

你的孤独的阳台上

一面早已悬挂的节日彩旗飘扬。

"请出来吧。"我轻声喊你。

多么希望奇迹显现，

但只闻从荒废的石洞传来的回音。

我沉湎于这无声的呼唤，

消失的人儿再也听不见！

人去楼空啊，

再也听不到你对我这个游子的问候。

欢乐岂能两次再现。

落日的余晖洒向松林

宛如海涛的波光

荡漾的大海也只是幻影。

我的故乡在南方

多么遥远，

眼泪和悲愁

炽热了它。

在那里，妇女们披着围巾

站在门槛上

悄悄地谈论着死亡。

（吕同六译）

从上贝加摩的山岩

你听到了鸡的叫声

在船舷外边，在冰冷的高塔外的空中

那里的光你不加过问，

生活的闪电般的呼唤，小房间中

声音咝咝作响，燕子

鸣叫于清晨。

你没有为自己讲出一句话，

因为你已在短光的圆环之中：

印度羚和秃鹫沉默无声，

在痛苦之烟的气息中，

这是一个刚刚诞生的世界的吉祥图腾。

二月的月亮已掠过

大地，但对你在记忆中

形成，这记忆接受它的寂静。

你也在山岩的杉树中

静静地走去；这里

义愤在死去的青年们的绿色前沉默无声，

遥远的怜悯几乎是高兴。

（刘儒庭译）

在阿达河边

中午阿达河在你身边蜿蜒，

你跟着天空的阴影在翻转。

这里，低头吃草的羊

抬起头，

车轮切开水纹涟漪，

磨坊的磨声隆隆

搅动盒中的橄榄。

只有你因无声的激动而震颤。

王冠一样的三角琴

从篱笆的浓密中重现，振荡着河边

堤上芦苇绿叶片片。

使你迷茫的生活

在这作为标志的植物之中，这是大地的呼唤。

这大地上问题和暴力不断。

树木在彩色中重现

使你感到可靠，正如你的血的隐患

以及抬起的手

抬向前额面对光环。

（刘儒庭译）

海　涛

多少个夜晚
我听到大海的轻涛细浪
拍打柔和的海滩，
抒出了一阵阵温情的
软声款语。

仿佛从消逝的岁月里
传来一个亲切的声音
掠过我的记忆的脑海
发出袅袅不断的
回音。

仿佛海鸥
悠长低回的啼声；
或许是
鸟儿向平原飞翔
迎接旖旎的春光
婉转的欢唱。

你

与我——

在那难忘的岁月

伴随这海涛的悄声碎语

曾是何等亲密相爱。

啊，我多么希望

我的怀念的回音

像这茫茫黑夜里

大海的轻涛细浪

飘然来到你的身旁。

（吕同六译）

挽　歌

寒夜的使者，

你清澈的身影

又回到颓圮的楼层的露台，

照明被遗忘者的坟茔，

和硝烟迷漫的原野上

被抛弃的尸骸。

我们的幻梦在这儿栖息。

你孤零零的身影

悄然转向北国，

那儿，一切沉沦于黑暗，

听任死神的召唤，

而惟独你——抗击。

（吕同六译）

另一个拉扎罗

从遥远遥远的冬季，在那冒烟的山冈
响起
带着硫磺味的锣声。像在那时，升起
多少人的叹息："天亮前，
熟睡的人们，快从甜蜜的梦中
惊起。"你的大石撒起，
世界的形象在那里迟疑。

（刘儒庭译）

你的静静的脚步

这里是大海和龙舌兰上空的花朵

生动活跃的河流沿着

墙边古老的坟墓流过，

那坟墓密密麻麻像蜂巢，

黑发蓬乱的女孩子们

仍在对镜嬉笑。一个女孩在你身边

在爱奥尼亚海滨（像蜜蜂一样妖艳

眼中映着蜂蜜），她刚刚

在橄榄树的阴影中

留下姓名。任何人不能救你：

你知道，在你脸上出现的一天

同其他的日子没什么不同：光的变化瞬息即逝

围着将我们圈住的圈子，

在月的真空之外，在那里

你的静静的脚步越过哈得斯①。

（刘儒庭译）

---

① 哈得斯为希腊神话中冥国的统治者。

我的同时代人

我的同时代人

你依旧是那么野蛮

犹如使用石块和抛石器① 的古人；

我瞧见了你，

坐在机舱里，

展开邪恶的翅翼，

抛掷凶恶的炸弹；

我瞧见了你，

在刑车②、绞刑架边，

在喷吐火焰的坦克里；

我瞧见了你，

用精密的科学仪器制造杀戮，

抛弃了爱，抛弃了上帝。

你兀自挥舞屠刀

就像你的父辈，

就像第一次见到你

① 据《圣经》，大卫用抛石器击败了非利士人。
② 中世纪的酷刑，系囚犯于刑车前而粉碎其身。

立即向你凶猛扑来的野兽；

这污血的腥味

就像那罪恶的一天散发似的，

当哥哥对弟弟说：

"我们到田间去吧。"①

它的冰冷的、顽固的回声

一直传给了你，传到了你的时代。

啊，儿子们，驱除从大地

升起的血雾，

忘记父辈们吧：

他们的坟墓已化作耻辱的灰烬，

乌鸦和狂风

已把他们的心肝啮噬干净。

（吕同六译）

---

① 喻指《圣经》故事中亚当与夏娃的长子该隐谋害兄弟之罪。该隐把弟弟亚伯诓骗
到田间，乘其不备杀之。

生活不是梦

（1946—1948）

南方哀思

月亮鲜红，

白雪漫漫。

习习寒风中，

一张女子苍白的面容。

我的一颗紧皱的心啊，

如今，留下了

在这北国雾霭迷蒙的

流水，草丛。

我淡忘了

南方的大海，

西西里牧人吹奏的

低沉幽婉的海螺，

公路上大车

悠远的辚辚声。

我淡忘了

草原上缥缈的紫烟里

巍颤颤的角豆树果，

迁徙的白鹭和天鹅

在伦巴第青翠的田野，

河流上的掠翅。

可是，沦落天涯的人，

故乡啊，朝朝暮暮萦绕梦魂。

——我再也不能

重返遥远的南方。

啊，南方倦乏了，

竟然没有力量

把它的死者的遗体

送往瘴气封闭的沼泽埋葬。

南方倦乏了，

因为孤独和锁链。

南方倦乏了

因为过多的忧愤，

在它的深井里

凝结了诅咒的回声。

井水殷红，

故乡心灵的血的喷涌啊。

南方的儿子
骑着他们的马出走了，
繁星的清辉
温暖着徘徊山冈的身影，
牧场边相思树的花儿
安抚难忍的饥馑，

热血浸濡相思树，
相思树的花儿分外红艳，
分外红艳。
——我再也不能
重返遥远的南方。

寒冬的长夜
仍然笼罩着我们。
亲爱的人啊，
我向你奉献
一腔脉脉温情与沉沉悲哀
和荒唐地交融的乡愁，
失去了爱恋
却又充溢着爱的痴情。

（吕同六译）

献给比采·朵涅蒂 ① 的墓志铭

默默地望着纷洒的雨丝

和黑夜的妖魔，

她在那里，穆索科公墓十五区，

我忧患的青春年岁

钟爱的埃米利亚女子。

死神刚刚把她召唤，

当她在郊外阴暗的宅邸

静静地凝视

秋风中梧桐的枝丫摇曳，

树叶零落委地。

她的面容依旧发出莹洁的亮光，

宛如真纯的幼年，

伫立在大车上

出神地观看吞火者的魔杖。

---

① 诗人的爱妻，意大利中部埃米利亚人，逝世后，葬于米兰市穆索科公墓。

啊，你可是在祭奠别的死者？

谁在1160号墓穴前停留片刻吧，

哪怕仅仅一分钟，

向这位女子致意，

她从来不曾嫌弃

而今苟安在世，用自己的诗招惹仇敌的歌人，

无数个梦幻制作者中的一个。

（吕同六译）

寒雨和短剑的色彩

你曾断言：死亡、孤独、沉默，

如同爱情、生活。

这全是我们短暂的意象的言语。

每个清晨，风儿轻轻拂动，

寒雨和短剑的色彩涂染的天空

笼罩着的纪念碑

和被诅咒者的窃窃私语。

真理依旧那么遥远。

请告诉我，在十字架上受刑的人，

你粗壮的双手血肉模糊，

我该怎样回答那些求问的人？

啊，是时候了，是时候了，

在又一次沉默以前，

在另一阵狂风掀起，

铁锈绽开鲜花以前。

（吕同六译）

几乎是一首情歌

向日葵向西方仰着笑靥
目送白昼急速地沉落，
夏日的热浪蒸腾而上，
叫树叶和烟缕俯首折腰，
天穹最后一次的奕容
卷走了萦绕的霓衣云裳
和震耳欲聋的雷鸣电闪。

亲爱的，已是几多岁月，
纳维利奥河畔葳蕤多姿的树莽
又一次挽留了我们。
然而，这时日永远属于我们，
那太阳也永恒地运行
带着她脉脉温情的光晕。

我再也没有回忆，
也不再情愿眷恋往昔；
回忆溯源于死亡，

生活却永远无休无尽。

每一个晨昏全属于我们。

倘若有那么一天

时光停止了运行，

你和我飘然远去

纵然我们觉得为时已晚。

在纳维利奥河畔

我们仿佛又回返孩提时代，

双脚打水戏耍，

凝望着涓涓流水，

娇嫩的枝叶

在绿波中黯然荡漾。

一位旅人默默走过我们身旁，

手中不是握着一柄匕首，

却是一束灿然盛开的天竺花。

（吕同六译）

1948 年

停歇吧，伴着死亡的节拍

在地球的各个角落击打的鼓声，

让旗帜覆盖在每一具棺椁上，

让爱怜治愈被毁灭的城市的创伤，

拭干它们凄苦的泪水。

但愿没有人再哀号：

"你为什么把我遗弃，我的主啊？"

但愿洁白的乳汁

殷红的鲜血

不再从子弹飞穿的胸脯汩汩流淌。

而今，当你们把大炮

在盛开的米兰花丛中隐藏，

给我们一天的时光吧，

我们多么渴望平平安安

仰躺在青绿的草地上，

谛听流水潺潺，

一任芦苇的绿叶抚弄发梢，

让心爱的姑娘投入我们的怀抱。

但愿夜间不再听到

警报撕人肺腑的惨叫。

啊，世界的统治者们，

给我们一天的时光吧，

哪怕仅仅是一天，

在枪炮再次咆哮，

大地栗栗颤动，

霰弹击中我们的头颅以前。

（吕同六译）

我的祖国意大利

已逝的流年愈是久远，

愈是贴近诗人的心田。

在那里，波兰的田野，库特诺①的平原，

焚烧尸骨的丘陵

腾起黑色的烟云；

在那里，铁丝网把犹太人活活隔离，

鲜血在破烂的垃圾上横流，

被枪杀的死难者戴着锁链

用双手扒开了掩埋他们的堑壕；

在那里，靠近郁郁葱葱的山毛榉林，

竟是布痕瓦尔德②，

它的罪恶的煤气炉；

在那里，斯大林格勒和明斯克

深陷在腥臭的雪地和泥泞。

诗人永生永世不能忘记。

啊，失败的懦夫们

---

① 波兰地名。
② 第二次世界大战期间德国法西斯囚禁政治犯的集中营。

愿他们获得仁慈的宽宥！

什么都可能发生，

但绝不能拿死者作交易，

记住，窜犯疆土的敌人，

我的祖国是意大利，

我要把心中的歌献给它的人民，

献给它被大海的怒涛淹没的哭泣，

母亲们深彻的悲恸，

我要把心中的歌献给

意大利的生命。

（吕同六译）

Thànatos Athànatos^①

莫非我们应当摒弃您，

主宰美与恶的上帝，

摒弃来世的希冀，

容忍死神在每一座坟茔上

镌刻我们惟一的信念：

thànatos athànatos？

难道竟没有一个字眼

能够诉说被生存

践踏的人的幻梦、泪水和愤懑？

变换一下我们的话题吧；

荒唐而今已成为或然。

远处，苍茫的雾霭中

蓊郁的树木蹿出绿叶萋萋，

大河的流水击打堤岸。

生活不是梦幻。

---

① 希腊语，意为永恒的死亡。

人和他的哑默的哭泣，实实在在。

啊，沉默的上帝，

请解除我的孤寂。

（吕同六译）

致母亲

"啊，最亲爱的妈妈，
朦胧的暮色此刻已愈来愈浓，
纳维利奥河水狂乱地冲刷堤岸，
树木浸泡在水里浮肿了，
裹着寒冷逼人的白雪；
我在北方并不忧伤，
心里纵然时时失去平静，
但我对于任何人全扪心无愧，
许多人却理应向我请求宽容。

"我晓得，你如今体弱多病，
你像所有诗人的母亲那样生活，
忍受着贫困的煎迫，
又深深眷恋浪迹远方的儿男，
今天，我终于拿起笔给你写信了。"

我的孩子到底寄来了
一封简短的家书，

你一定会这么说。

当年他身穿一件又短又小的外衣，

几首小诗揣在口袋里，

在茫茫夜色中出走了。

可怜的孩子，

他的心肠过于热忱，

有朝一日，会在什么地方

遭到别人的算计。

"是的，我依旧记得，

别离的那一天

在灰蒙蒙的车站，

临近伊梅拉河口 ①，

那里有许多喜鹊、桉树和盐，

火车慢悠悠地卸下

扁桃和柑橘，

我登上了离乡的路程。

"可我如今多么感激你，

多谢你嘲讽的微笑

---

① 伊梅拉－萨尔索河，系贯穿西西里岛南北的河流。

赐予我的嘴唇，

它像你的嘲讽一般温顺。

这微笑使我战胜

悲泣和苦痛。

倘若我为你，

为所有像你一般茫然等待的父老乡亲

洒下思念的泪液，

这实在没有什么要紧。

"啊，高贵的死神，

莫要去触动厨房墙上

滴滴答答地走动的摆钟：

它那四方的瓷釉钟面，

我描画的鲜花图案，

是我的全部童年的见证；

啊，莫要去触动

老人们的手儿和心脏。

或许会有谁回答我的请求？

啊，当然不是纯洁、可怜的家庭中

游荡的死神。

啊，别了，

我的亲人，

别了，

我最亲爱的妈妈。"

（吕同六译）

虚假的绿与真实的绿

（1949—1955）

死寂的吉他

我的故乡在河边，临近大海，
没有一处能听到
这般轻歌细语的语音，
在爬满蜗牛的芦苇丛中
我徘徊不定。

又是一个秋天。
萧瑟秋风折断了吉他的琴弦
撕裂幽晦的琴腹，
却有一只手把断弦拨弹
用火焰一般的手指。

在明镜般的月华下
少女们打扮梳妆
酥胸沐浴着橙红的霞光。

是谁在呜咽涕泣？
谁在朦胧的雾霭中策马而行？

我们从一片绿茸茸的草径走过

在岸边站定。

心爱的，你莫要把我引向那明镜；

澄澈如镜的月色中

颤动着婷婷直立的树木，

绵绵的涟漪和歌咏的少年。

谁在呜咽涕泣？

请你相信，那不是我。

河面上响起急促的鞭声，

骏马飞奔，星火点点。

我绝不会哭泣。

我的同胞们拿起了刀剑，

明月的银辉下刀光剑影闪动，

燃起了炽烈飞腾的火焰。

（吕同六译）

死亡的冤家

——致罗萨娜·西罗尼 ①

你不应当，啊，亲爱的，

从这个世界上抹去你的形象，

使我们失去美的楷模。

我们憎恶死亡，

但除去在你的脚边默默献上一束玫瑰花，

又能做些什么？

你不曾留下片言只语

关于你生命的最后一天，

也不曾对世间万物，

对人们可恶的言行

喊出一声抗议。

夏日愁惨的月影

席卷了你的幻梦：

绿树、阳光、丘陵

---

① 这首诗献给诗人的挚友、画家西罗尼的女儿罗萨娜·西罗尼，罗萨娜十八岁时自杀身亡。

流水和长夜。

不能怨诉思想的混乱——

天真痴心的幻想，

而是意识决定了那个时刻，

提示了那懦弱的行动。

而今，你被摒弃于那永远紧闭的铁门外，

啊，死亡的冤家。

"是谁在呼喊？谁在呼喊？"

你瞬息间扼杀了美，

把它永远埋葬，

全不吝惜它在我们身上

留下的印烙。

啊，美的毁灭，

寂寥一身，

全然无济于事，亲爱的。

你在昏夜采取了断然的行动，

把你的名字铭刻在大气之中，

向周遭的一切喊一声："不！"

我晓得，你曾渴望一件新衣，

我晓得，你的希望依旧只是空洞的希望，

对于你，对于我，

全没有一个答案。

啊，鲜花和麝香，

啊，亲爱的死亡的冤家。

（吕同六译）

虚假的绿与真实的绿

你不再怀着一颗怦然悸动的心

把我等待。

如今你可凝望着忧患

这再也无关紧要，

世间依旧是那样凄凉、艰难，

飒飒的落叶

蓦然叩击你的长椴，

窗外两片游云浮翔。

我忘怀不了莞尔的微笑，

暗蓝色的长裙，

棕红色的秀发

天鹅绒般温柔地

披散在肩膀上，

还有你那姣美的容颜

在银光粼粼的水面荡漾。

悠悠震颤，疏阔的黄叶，

灰褐色的飞鸟。

几片叶子从枝丫摇落

纷乱地飞舞，

四月虚假的绿与真实的绿，

万紫千红中多么可笑。

而你？已不复绽露花的欢颜，

已不复在冥冥梦幻中闪现，

啊，你果真再也不用少女般的明眸，

再也不用纤细的柔手

寻觅我的脸庞？

我抒写情意饱蘸的日记，

寄托纯贞的痴念，

我向着广袤无垠的碧空

一颗奇特的

同多蹇的时运搏斗的心灵

发出阵阵呐喊。

（吕同六译）

在一个遥远的城市

一只乌鸦突然飞起，不是从天边

而是在北方花园

黄藻似的草地之间

从树叶间直升蓝天：它不是象征，在夏天

雨后的彩虹弯弯：一只真的乌鸦

像一个杂技演员

在蒂沃利的高架上荡秋千。

　　　　　　　　脆弱狡黠的形象

进入我们过完的一天

带着水磨不停旋转

还有水手的三节联韵诗的

诗句以及一艘船

离岸时的鸣笛，这船展开愤怒的螺旋

带着泡沫

或者女人哭叫的泪眼。

　　　　　　现在来到

欧洲遥远的边沿，那是不存在的边沿，那里

充满纯洁的渴望。

　　　　　当我在

乌鸦的每一界限和形象，试验我的心，

乌鸦仍是幸福的标志，

它同其他乌鸦一样，

我控制住我的呼喊

争取一个稳定的世界：我惊奇

我也能呼喊。也许游戏就是

暴力：但一点点玩世不恭

也会使一切丧失，光明

比阴影更使人惊惧。

　　　　　词在等待你们

这个词你不懂或者它是我的？然后乌鸦转身飞去，

从草上抬起爪，

消失在你那绿色的眼所望到的天际。

一点点玩世不恭也会使一切丧失。

　　　　　　　　　　　　　　（刘儒庭译）

多长的夜

多长的夜，粉红而带绿色的月影

你在香灯花间叫喊，这时

你像一个上帝的王敲一扇门，

这门带着露水："开门，亲爱的，快开门！"

风，像在弦上，从马多尼埃山脉的

伊布莱山和松果撕下歌和怨

怨那古老的穴的定音鼓，

像龙舌兰和淘气鬼的眼睛。大熊星座

尚未抛开你，仍在鼓动

山冈上点起的七堆警火，

撒拉逊人远征的红车的

响声也未抛开你，

也许是孤独，也许还有

同星状动物的对话，同马

狗青蛙和令人梦幻的

夜间蝉的吉他的对话。

（刘儒庭译）

山的波浪之外

生命由于诡计仍未离开你，

要么是黄道带的混合象征或者音节，

还有有序的数字在发掘

这个世界。但你是在狱中

以沙和血，

测量这寂静，

这寂静是山的波浪之外

死亡的声音。

（刘儒庭译）

在撒拉逊人的塔边，为了死去的兄弟

我正在我那海中，

洁净的贝壳旁，

在远处的响声中我听到

几颗心同我一起生长，这心有着

同样的年龄。神圣的或者野蛮的，

温柔的或是恶魔般的：都是同心相反的

童话。也许

捕兽器警觉的铁钳

要捕的是狐狸、狼

和鬣狗，却在月的薄幕中

伸向我们身旁，

我们如娇嫩的紫罗兰的心，带刺的

花似的心。或者它们不该生长，

不该从声响中下来：那阴郁的声响

对着空中的彩虹对着海的耳朵，

也就是对着石头，隆隆作响，

震毁了错误的童年，错误的梦的

遗尸，对着抽象的大地，

那里

每一事物都比人更强壮。

（刘儒庭译）

阿格里琴托的宙斯庙

坐在草上的姑娘扬起

脖后蓬乱的头发，

笑那不知所措的梳子和它的梳理。

色彩默默无言，

可能刚从那炽热的手上下来

这手在一棵扁桃后投来远远的召唤，

要么消失在河边希腊鹿群中，

要么消失在带刺的紫罗兰的深渊。

她笑感觉的疯狂，笑那

不断烤她的

南方岛屿的炎蒸

和嗡嗡响着

蜇那些赤臂少年的野蜂。

我们默默看着

这讥讽谎言的标志：在我们看来

这是烤灼白日的月亮

掉进熏熏大火。在这多利安的井中

可以看出什么前景，什么记忆？木桶

从井中慢慢上升

带来草和刚刚认识的面孔。

你转着厌恶的古老车轮，

你十分厌恶

准备一天随时等待某一时刻，毁掉

天使的形象和奇迹，

一眨眼

便跳入大海的光焰里！男像柱在这里，距离

哈得斯只有两步（他的冥地低沉闷热，毫无生气），

躺在宙斯的花园

像空中的昆虫一样顽强地把他的石头

粉碎：在这里，一代连一代，

因为在永恒的树间只有一颗种子。

（刘儒庭译）

拉乌达 ①

儿子：

为什么，母亲，你向那脸孔朝地

双脚捆缚在大梁上的尸体吐唾沫？

你却不厌恶那些

悬吊在他身边的死者？

噢，那个女人

穿着怪怕人的袜子，

嘴唇和脖颈沾着凋零的花瓣！

不，母亲，请你站住，

请大声叫围观的人群走开。

他们没有悲哀，

只有刻毒的嘲笑，只有幸灾乐祸。

牛虻正叮着血管，

贪婪地吮吸，

你已经诅咒了她，

---

① 拉乌达为中世纪宗教抒情诗歌，常采用一问一答的对话形式，叙述耶稣受难的情景和圣母的哀痛，后来成为一种诗歌体裁流传下来。夸西莫多借用拉乌达的古老形式，表达法西斯劫难以后普通人的感情与意识。

啊，母亲，母亲，母亲！

母亲：

我们厌恶这些尸体，永生永世，

孩子，他们悬吊在窗前的大梁上，船桅上，

在十字架上烧化成灰烬，

被狼犬撕成碎片，

只是为了获取主人的残羹。

我们的心多么辛酸、激动，

在领食两千年圣餐以后，

我们要以牙还牙，以目还目。

啊，孩子，剥开那些

曾经剥开你的胸膛的人的胸膛。

他们挖去了你的双眼，

斩断了你的双手，

为着一个卑鄙的叛卖的名义。

你对我睁开眼睛，

向我伸出双手吧，

啊，你已经死亡，孩子！

你能够宽恕

因为你是个死者，

孩子，孩子，孩子！

（吕同六译）

致罗莱托广场十五英烈

埃斯波季托，福加约罗，费奥拉尼，

卡西拉吉，你们是谁?

是名字，抑或影子?

你们，松契尼，普林齐帕托，加里帕里尼，

莫非只是黯然消失的墓志铭?

台莫洛，维台马蒂，德·利乔，

你们，可是鲜血染红的绿叶?

而，加利贝蒂，拉尼，布拉温，

马斯托罗，波莱蒂，你们呢?

啊，我们高贵的鲜血

岂能是玷染大地的污水，

在炮弹呼啸天空的时候，

它把活力注进每一寸土地。

你们肩背上的伤口，

是我们奇耻大辱的暴露:

太多的时光失去了。

阴森森的炮口，

你们家园屋顶上的外国军旗，

把死亡到处传播。

你们一旦坚信自己是生者，

死神自在你们面前栗栗颤抖。

我们岂能是忧伤的卫士，

岂能仅仅在陵墓旁嘤嘤啜泣；

死亡一旦化为生命，

它再也不是死亡。

（吕同六译）

致切尔维七兄弟^① 和他们的意大利

全世界听得见他们的狞笑，

下贱的懦夫和至尊的君主，

狡黠的智者和聪明的窃贼，

在梦呓中舞文弄墨的诗人。

在我的祖国，

怜悯，温顺的心灵，

穷人的孤独和忧愁，

全都遭到刻毒的戏弄。

多么美丽，我的故土，

因为她的男女老幼、花卉草木

和视死如归的殉道；

因为她的名胜古迹，艺术珍品

和久远的沉思。

侵略者用贪婪凶残的魔掌

笞辱圣者的胸膛，

---

① 切尔维七兄弟系意大利农民，他们积极参加抗击法西斯的斗争，不幸被捕，坚贞不屈，1943 年 12 月 28 日被枪杀。

摧毁爱的遗物，

在月光阴冷的河岸，饕餮滥饮，

在帝王的吉他上

弹奏狂乱的乐章。

许多许多年了，

他们武装到牙齿，

和野兽们沆瀣一气

从山谷闯入平原和城池。

波吕斐摩斯 ① 至今犹在

静谧的长夜哭泣，

哀悼那被远方的族人

刺瞎的独眼。

橄榄树枝好似不灭的喷火

灼热无比。

伪善的仇敌把天地万物

化作虚幻的魅影，

用新衣装扮死神，

发出放荡的狞笑。

当我为爱情和孤寂吟唱，

① 波吕斐摩斯，独眼巨人，海神波赛东之子，他吞食了古希腊传说中的英雄奥德修斯探险的伙伴，奥德修斯刺瞎了他的独眼，继续前进。

用泪水灌注磨盘的苦痛时光，

我曾有过朋友。

在专横的暴力下

同胞的呻吟中

伦巴第之城 ① 的树木和城墙倒坍了，

他们也从我心中永远影失形消。

但我依旧把爱的诗篇抒写，

奉献这封遥致故乡的情书。

我无意歌咏北极七星，

而是献给切尔维七兄弟：

七个浑身泥土气的埃米利亚人。

他们不曾读过几卷书籍，

但为着爱默默地献身。

他们从不知晓将军、哲学家和诗人，

只受过农民人道主义的启迪。

挚爱和死亡

合葬于一个阴森的土坑。

每一寸土地都敬慕你们的英名，

并非为了记忆，

---

① 指米兰。

而是为了被历史贻误的时光，

为了用鲜血润滑的机器

去迅疾推进的时光。

（吕同六译）

致敌军的诗人

在古老的希腊海滨

杰拉 ① 港金黄色的沙滩上，

我像天真稚气的孩子一般卧躺，

攥紧的拳头和胸膛里

流荡着温柔的梦。

在那里，流浪者埃斯库罗斯 ②

吟哦诗句，踱着忧患的步子，

在赤日炎炎的海湾

大鹰威风凛凛地俯视着他，

那是他生命的最后年月。

---

① 杰拉系西西里岛历史悠久、风景优美的城市，濒临杰拉海湾，公元前一度是希腊领地。

② 埃斯库罗斯（约公元前 525—前 456）古希腊三大悲剧诗人之一。公元前 470 年左右，他应锡腊库扎古城君主的邀请，前往西西里做客，在那里写过一个悲剧。公元前 458 年以后，他重赴意大利，后来客死于杰拉城。埃斯库罗斯为自己写了一首墓志铭：

　　雅典的埃斯库罗斯，欧福里翁之子，
　　躺在这里，周围荡漾着杰拉的麦浪；
　　马拉松圣地称道他作战英勇无比，
　　长头发的波斯人听了，心里最明白。

北边来的诗人，

你妄想贬辱我的尊严

或者竟要结果我的性命，

为着你的美妙前程。

你企足而待吧！

来年春天，我的祖母

将欢庆百岁寿辰。

你祈求吧，但愿我明天

不会在雨中把你的黄头颅抛掷。

（吕同六译）

金色的网

金色的网

吊着的却是令人厌恶的蜘蛛。

（刘儒庭译）

乐　土

（1955—1958）

时而出现，时而消隐

时而出现，时而消隐，

马车夫站在地平线上

一条大路的尽头

和海岛遥相呼应。

我从不甘愿随波逐流，

在尘世的风暴中，

我诉说我的际遇

犹如守夜的哨兵

透过蒙蒙雨帘把时钟辨认。

内心的奥秘蕴藏着意外的幸运、

巧妙的计谋和复杂的游戏。

我的生活，我的街区和远山近水，

刚烈坚毅而笑容可掬的同胞们，

恰似失落了把手的大门。

我从来不曾理睬死神，

只眷及万千事物的开端，

结局不过是肤浅的表层，

那里游荡着追逐我影子的猎人。

影子和我有何相干！

（吕同六译）

乐　土

我久已渴望向你吐露爱的誓言，

兴许，它们是朝朝暮暮念叨

而又瞬息即逝的言语，

记忆畏惧它们，

使不可阻隔的信号

招致心灵的怨恨。

兴许纷乱的思绪

窒息了我的爱的誓言；

兴许对粗暴的回声的忌惮

使缠绵的山盟海誓

显得愈加脆弱、含混。

兴许，这些柔情蜜意的言语

蕴含着难以捉摸的讥诮，

恩断义绝的薄情；

兴许还有我乖谬的命运的捉弄，

啊，我的心上人。

兴许，未来向你投射的光明，

使这些言语黯然失色，

而我的未来

再也不能把朦胧的爱来召唤。

爱在嘤嘤哭泣

为了同乐土的骤然分离，

为了美，我的心上人。

（吕同六译）

铜　罐

篱笆边

仙人掌的刺，你的身体

刚脱蓝变新，发自内心

深处的疼痛

也许在沼泽地附近的伦蒂尼 [①]

是鳗鱼和爱情的

公证人雅科波。大地

讲了些什么，那是藏在

渴望硬核

紫褐果实的中午画眉的

鸣叫。你的头发

在耳后

暴风也不能使之苏醒，水粉画似的

头发，但已退色。

一个铜罐在一扇门上

---

① 伦蒂尼是西西里岛的一个市镇。

闪着水滴的光

和草的一丝丝红色。

（刘儒庭译）

致父亲^①

墨西拿城耸立在紫色的海湾，

你头戴红帽

跨越一堆堆瓦砾，

劈倒的电线杆，

沿着铁轨行进，

坚毅地把道岔扳动。

地震大施淫威

整整三个白天，三个黑夜，

在狂风骤雨

和大海吼嚣的十二月。

我们栖身的货车

踅进了夜的暗影，

像牲口般麇集的孩子们

咀嚼着用棉线串连的

杏仁和苹果干，

---

① 1908 年，意大利南方发生大地震，西西里岛深受其害。

把废墟和死亡

一同带进了酣眠的梦境。

痛楚的人生

仿佛锐利的刀刃把真理铭刻在心，

给洼地上的嬉耍留下印痕，

那里的沼泽赐予我们疟疾，

还有叫蜡黄的脸皮浮肿的隔日热。

在生与死交织

卑鄙大行其道的时日，

你充溢忧伤与温情的刚毅

驱散了我们心头的阴霾，

叫我们懂得了尊严。

黑夜中一声枪响，

巡逻兵就地正法

出没倾圮的房屋的盗贼；

未来生活的准则

像初级算术一样明明白白。

你的帽子熠熠闪亮

犹如一轮红日，

在从来只属于你的狭小天地

冉冉运行。

我的生活历经磨难，

但我战胜仇恨和忌羡，

骄傲地把你的名字继承。

你头顶的红光

又似一顶巍峨的法冠

绣着展翅的雄鹰。

如今，你已九十高龄，

犹如雄鹰俯视大地，

而我困守在高高的城墙里，

残缺的机器齿轮旁，

远离你那阿拉伯茉莉花 ① 吐香的地方。

我多么想和你促膝谈心，

伴着你夜间闪光的信号灯。

我渴望告诉你

纷乱的思绪

使我从前无法告诉你的事情，

但愿不只是沼泽的知了，

龙舌兰，乳香树

能听见我的喁喁低诉；

---

① 西西里岛广为种植的一种花木，香气浓郁。

我要告诉你

如同家丁对主人说一声：

"请允许我把你的手亲吻。"

只消这一句问候，

再也不需要别的话语。

生活是何等地强劲，

因为它自身的潜力。

（吕同六译）

斯卡利杰里① 的墓

英雄们现已成为历史博物馆的

细瘦化石——士兵，蜜蜂一样的士兵

为真理而献了身——人

证明自己是智慧和正义的英雄，

于是便成为世世代代的楷模，

一个个带着基督和反基督的

日常光荣的标记，

斯卡利杰里，他们回来向你的坟墓致意，

尽管你的尸体

已经在空气中消失，在阿迪杰河成为

豪华的灰烬。你在黑人的胡同里的

圣像之中

以及白人的服饰用品商店

从地上升起，

一个将来炸掉的结构

它没有水和泥浆只由坚石构成。但是

---

① 斯卡利杰里为十三、十四世纪北方维罗纳市的一个大家族。

我的父辈们千百年来

把死人拉起以便再把他们

埋在潘塔利卡①的蜂箱似的穴中。

斯卡利杰里，越靠近上天，

越靠近星座的光辉形象，那就

距人担心生死的大地越远。

（刘儒庭译）

---

① 潘塔利卡为西西里一处古迹，据认为是铜器时代的居民点。

一个动作或一个精灵之名

海盗的生命，你举起彩旗

进入我的血污的

大海，在你的咚咚作响的

斧刃之下，希望，

是梦和白日之间

可见的本质。麻雀的巢

已消失而睡鼠仍吊在山毛榉树上，

弦乐器和七弦琴

伴着行吟诗人，但这不是

思想的神秘保护人。高雅的爱

早已表明，粗野的

仲裁人，令人愤怒。我从

凝灰岩和贝壳的山上，我的目光

怒视大海。

你剥夺了我的继承权

使我露宿在我的灵魂屋檐。

但如果你也用你的方式

向我的坚石、动物和树木

迎面召唤，

我就不会改变

我昨天或未来的内心的

语言。你甚至没有决定

一个动作或一个精灵之名，

可恶的海盗

是聪明的海盗，一派疯狂气焰。

（刘儒庭译）

一堵墙

在你对面立起一堵墙

静静的，石块加石灰再加石块和恨，

每天从更高的地方

吊下一条细细的准绳。泥瓦工们

都是一个样子，小个子，脸色

黝黑，个个狡黠调皮。在墙上

他们标上世界上的义务的

标记，如果大雨把这标记冲洗

他们把它再重写，而且用的是

更大的字。常有人从脚手架上摔下

马上便有另一个

跑去补他的空缺。他们不穿

蓝色工装，讲的是他们自己才懂的土语。

高高的墙像山岩，

在梁与梁的空隙间

跑来一些壁虎和蝎子，吊着黑色的草丝。

垂直的保护避开了

只有地上的南方人

构成的地平线，天空不把这地平线遮掩。

在这一保护屏之外

你不要求恩赐也不要求混乱。

（刘儒庭译）

几乎是一首讽刺诗

酒吧间的小丑

好像不修边幅的茨冈人，

满面忧愁，

从一个角落里跳出来，

自告奋勇，献演他的拿手好戏。

他脱下夹克衫，

穿一件红色运动衣，

仰头弓腰

像叭儿狗一般

用嘴叼起一块肮脏的手帕。

不顾体面的把戏重复了两遍。

而后，他点头哈腰

伸出一只塑料盒子，

闪动一双雪貂似的眼睛，

祝愿众人赢得西萨尔①。

他消失了。

---

① 意大利公开发行的一种彩票，以赛马的胜负打赌。

原子时代的文明

达到了最高潮。

（吕同六译）

士兵们在夜间哭泣

不管是蛾尔蛾他的十字架和铁锤，

或者圣洁的童年梦忆，

全然无法将战争粉碎。

走向死亡之前

士兵们在夜间哭泣，

他们是强者啊

军营的咒语却把他们压垮。

惹人喜爱的士兵们，

热泪如泉簌簌涌流。

（吕同六译）

希腊卫城之夜

雅典的一个夜晚

猫头鹰在希腊卫城白色海洋中对雅典娜述说。

它没有再提恶意，月光

白如昼，花岗石胜过泡沫；

雅典娜庙附近的橄榄树

呈起伏的斜三角形，

甲虫在蠕动。猫头鹰

在海上歌唱，新鲜高兴。躯干内

藏着白色血液的一队队动物

在扭动。猫头鹰

屈体转目思索，

椭圆的旋律出自

完美的嘴上。向导说

从它的月的波峰

这月在雅典娜庙的中心

火药库的爆炸

摧毁了音响的和谐，

他还讲到雅典娜庙的崩溃，

那是玛丽亚

纯洁的圣母，天子的女儿

发生在黄猫头鹰的木角上。

（刘儒庭译）

沿着阿尔甫斯河 [1]

土地的协议，

土块的声响，

铁锈色的灯心草，低低的绿叶

沿着阿尔甫斯河

这条河流向宙斯和赫拉的奥林波斯山，

但在连续的废墟内

遇到抵抗，超过赞同的

暗地里荒唐的抵抗：失事船的残骸，

另外还有像生命一样的自卫性否定。

水的和谐并不重要，

阿尔甫斯河，你那么温和、静静地

流过埃利德 [2]；在河卵石上

彩蝶的太阳摇曳，

这太阳会随诡计而陨落，

它的逃亡是那么久长。我寻求的

只是不和谐，阿尔甫斯河，

---

[1] 阿尔甫斯河是伯罗奔尼撒半岛的一条河流。
[2] 埃利德是伯罗奔尼撒半岛西北部的一个地区。

是超过完美的某种东西。

你可以改变航向，

不去奥林波斯和那些松林，那仍是

死亡拒绝的形式，越过

我认识的关闭的拱。一个需要加固的

大门，奥林波斯是度假者

聪明的选择，是一个小偷的一跃

只要跳上角墙，那便更加

炽热。我找的不再是

童年之地，沿着河流的低河床，

我找的是阿瑞图斯河的第一个河口，

是把抵达时弄断的

线重新系上。

连续不断的宁静，

奥林波斯，像宙斯和赫拉。

我看着你从绿色中抬起的头，

带着着火的稻草似的月亮。

（刘儒庭译）

德尔法 ①

一株植物，不是月桂

或爱神木，同它们相比

树干和树叶没有什么特殊，

由于灵魂与结构的变形

它将去检验死亡，

在德尔法也没有这种植物。

即使有神示也没有月桂

也不会有它的游戏的洞穴。太阳

在帕尔纳索山下直射

将整个世界分解。诗泉的温暖

水滴在旅游者嘴上

卖水的人笑着

靠近泉边

手持带绿藻的还愿小塑像。但在庙的

第一个台阶，如他认出你，

阿波罗会抬起箭直射帐幔，

---

① 德尔法为希腊一座古城，其阿波罗神庙极著名。

那是藏在满布石头的河床下的帐幔

孵化后代的蛇把那帐幔当做温床。

这时你更不知道这宁静不动

是生还是运动中的死亡。在这一阶段的

永恒部分，从半月形的

山脉的裂缝中

走出平民驾车者

前额平低眼睛同蝗虫眼十分相似。

（刘儒庭译）

马拉松 ①

马拉松的母亲们的埋怨，

民众发自内心的呼喊，

任何人都听不见。希腊

已经自由。希腊已摆脱羁绊。

马拉松是士兵们的城垣

不是巫术士们的城垣，这里没有

庙宇和祭坛。它的古坟未曾动过，从上边

可以看到埃维厄岛的容颜。历史的昆虫，

也就是地层容忍的一切，

在这里是星星在地上是头盔和剑；

即使马拉松再加马拉松，

阿尔戈平原的人也要在像岗亭一样的

墙与墙之间熬煎。

（刘儒庭译）

---

① 马拉松为希腊一座古城。

埃莱夫西斯 ①

一位将军在埃莱夫西斯

建起铅和水泥的塔

上面有钟在夜间敲响

敲着神秘的数目。从它的轨道

有时刮起常见的旋风，黄土飞扬，

掠过石头，那里

人们对着死者

发出单调的哭泣。孤独的元首

践踏埃莱夫西斯，

柳条筐装着强壮的

象征，充满人的怒吼，

把嘴埋进黑色的珍珠，

在哈得斯看不见的弓上。

埃斯库罗斯对赫卡忒 ② 在那里说：

---

① 希腊一古城，神话中英雄厄瑞西斯王国的首都。
② 希腊神话中道路、夜的女神，死人灵魂的陪伴者。

"有什么好事，

有什么不坏的事？"

（刘儒庭译）

回　答

如果奥德赛的锚仍在心中燃烧……

如果在阿喀斯①，在船头

有一只黑眼的小船之间

那只黑眼是为了对付厄运，我能在空中

在尖叫声的空中

像钩剑鱼的钩了一样钩住。

从空空两手中

像阿喀斯一样两手交换，

从一无所有中形成蚁群

把它推进它的迷宫式的沙丘

或者形成使我的最忠实的敌人

永远年轻的病毒，

也许那时我就像上帝——

像生一样坚定

---

① 阿喀斯是西西里岛一牧人，希腊神话中说，他爱上神女伽拉忒亚，后被嫉妒他的波吕斐摩斯杀死，其血化成一条河，此河以他的名字命名。

对死也不持异议：

这里是波涛是熔岩，这些

未来冬日清晨的

幽灵——回答

自然急切的询问

这回答在里程碑上闪光强烈，

那是炎热的路上第一块里程碑，

这条路通往另一个世界。

（刘儒庭译）

另一个回答

基督的精灵你们要什么？

世上什么也没有发生

人仍在向乌鸦的翅中

挤着雨水并且喊着爱和不和谐。

对你们来说并不缺乏

来白永恒的血液。只有羔羊

带着干瘦的头和盐的眼返回。

但什么也没有发生。遥远群岛的

城市墙上的报道

已成为麝香。

（刘儒庭译）

瓦伦察^① 游击队员的墓志铭

1957 年

这块石碑

纪念瓦伦察的游击队员们

还有在这块土地上斗争的人们，

他们在战斗中倒下，被枪毙，被德国鬼子

以及意大利临时军政府的军队企图斩尽杀绝。

他们的数量很大无需疑问。

我们在这里一个个耐心地数着

叫着他们的名字，

这名字永远年轻。

你不要诅咒，自由的朋友，

在你的祖国永远是外来者，你要祝贺欢呼。

他们的血仍然炽热，这鲜血的

成果静悄悄。

人们成了英雄：这对文明

———————————

① 瓦伦察为意大利西北部一城市。

真是幸运。这些人
意大利永远不应悭吝。

（刘儒庭译）

马佐博托① 死难者碑文

这是血与火的纪念，

殉难英烈的纪念，

封·凯塞林②麾下的纳粹分子

和萨洛王朝③的亡命之徒

对人民最卑劣的屠杀的纪念，

他们痴心妄想，

要把游击战的烽火熄灭。

高原上的一千八百三十人

被枪杀，被焚烧，

他们带着马佐博托的名字

从默默无闻的工人和农民的家庭

走进了世界的历史。

---

① 马佐博托是博洛尼亚市附近的小镇，居民三千余人，是抵抗运动期间游击队的据点。1944年，德国法西斯匪徒在一次扫荡中，野蛮杀害了该镇1830名平民，制造了骇人听闻的大血案。
② 纳粹德国元帅，1943年任德军驻意大利总司令。
③ 1943年，墨索里尼垮台后，意大利法西斯政府中残余分子纠集力量，在北部萨洛成立所谓意大利社会共和国，负隅顽抗。

他们的荣光

何等可怕，又何等公正，

让强暴者牢记，

绝然不能征服人民，

倘使不能赢得人民的心。

他们的荣光

不需要哀悼或愤恨，

只渴求自由的武器，

狼①和他的战士

在山谷和丛林

打得自由的敌人

不止一次抱头鼠窜。

他们的骨灰撒播无垠的大地，

全世界的人民都不会忘记

马佐博托——

现代野蛮的残酷标志。

（吕同六译）

---

① 当地意大利游击队领导人的代号。

给予和获得

（1959—1965）

瓦尔瓦拉·阿历赛德洛甫娜 [1]

白桦树透出绿的生意，

苍劲的枝丫俯视莫斯科的窗户。

夜色阑珊，西伯利亚

把砭人肌骨的寒风

泼向冰冻的玻璃，

头脑里万千思绪缭乱。

我病魔缠身，

死神随时会夺去我的生命；

瓦尔瓦拉·阿历赛德洛甫娜，

你，命运的守护神，

眼睛里燃着热情的火焰

移动轻柔如风的步履

在鲍特金医院的病房里巡视。

我不害怕死亡

正像我从来不曾畏惧生活。

---

[1] 1958 年，夸西莫多访问苏联，突患重病，入莫斯科鲍特金医院治疗。瓦尔瓦拉·阿历赛德洛甫娜为看护诗人的护士。

我觉得倒下的只是另一个我。

或许，倘若我不牵挂着爱恋和同情，

永不停歇地更新的大地，

悲愁幽怨的孤寂，

我早已失去了生命。

瓦尔瓦拉·阿历赛德洛甫娜，

你在黑暗中伸出温暖的手；

这是我的母亲

祝福我平安的有力的握手。

你是托尔斯泰、马雅科夫斯基时代

仁慈的俄罗斯，

你是真正的俄罗斯的女儿，

并非病房镜子里

反映的晶莹的雪景，

你分明是千百双手

寻觅别的姐妹们的手。

（吕同六译）

只有爱在你内心留下印记

你不要忘记你生活在动物之中

马猫和下水道的老鼠

黑得像所罗门群岛的女人

那里是展开战旗的可怕战场，

不要忘记舌和尾十分和谐的狗，

也不要忘记绿蜥蜴和画眉

夜莺毒蛇和雄蜂。要么你愿认为

你生活在纯洁的男人中

生活在不会触及

欢叫的青蛙的圣洁女人中，这青蛙

绿得像最绿最绿的血液。

鸟儿在树上和叶间

看着你，它们不知道心已经

永远死亡，它的遗物

像破塑料被烧的软骨；你不要忘记

你是巧妙可曲折的生物

这生物十分强暴，想要地球上的

一切，在他的身体倒下

记忆萎缩灵魂走向

最后的永恒时大叫一声之前他总是要一切：

要记住，只有爱在你的内心留下深刻印记之时

你才可以成为生物之中的一种生物。

（刘儒庭译）

九月的夜晚

"可怕的死亡会震惊我？"

一个凹形的鼓

在异常的夜间

在血的结上响起。乌鸦们掉进

铅一样静的

雪中。突然我的身体

上了爱奥尼亚海边的

一棵橘树。但你在这里，最后，

没有一个标志同灵魂

相符，只有同你一起听

遥远的思想，吊在哥特式拱下的最后一息。

地下的阴影在哪里？

死本身都是一样的：

一个门打开，听到遮挡

麻醉师的帐幔后

屏幕上琴声一息。同另一个世界的

对话已进入心底，

那对话用的是螺旋形音节，

这音节笼罩阴影充斥的安魂仪式；

那可能意味着"对"或者不情愿的"也许"。

我不欠大地忏悔，

死亡我也不欠你，除去你那

向生命之门敞开门的庭宇。

（刘儒庭译）

沿伊萨尔河

——致安娜玛丽亚·安焦莱蒂

又是一个外国城：夜晚

脆弱，住房在光的

藻中堆集，光照着每一尼龙骨架，

我自己回答自己

伊萨尔河好像是我的岛上的一条河。

有人在啤酒店随吉他唱歌

我不知那歌声是厌烦和怒火。

心的光芒颠倒，寻找

我的历史上陡峭的脉络，

我在那陡坡把我最希望的东西踏破。

星期日不做声的新来者们

来到河边。但是

爱情啊，你的鼓在哪里敲响？这里

雨在反光中除去外表的霜

我想到了你

你在众多的树间倾听

旧的不协调的回响

那回响是我体内的反思

还听那死者在他的连续的拱中的

声响以及我的最后的

问题。我该如何生活便如何活。

风在水中卷起

灰色的漩涡：在这里

我在明天将向巴伐利亚人掏出我的心窝。

你知道我会向你读到

表面失败的风景中的运河

那是对土地的嫉妒的未来的运河。

（刘儒庭译）

从巴拉顿湖^①畔

巴拉顿湖的一段新椴木

上面写着我的姓名。树叶伸展

沿着远离祖国的

湖滨。每一年我的朋友斯扎博

（一天夜里我对他谈起

希腊诗人迪奥多尔·迪萨尔迪

关于多瑙河的诗

以及埃斯库罗斯

在西西里杰拉的白水边休息

他因雅典人的嫉妒来到这里）在夏天来临时

他从他的湖向我提起

我在匈牙利的日子

带着两片叶子，阴影带来清爽

带着伦巴第土地的脉络

那段椴木在它的月形叶间生长。

一旦高到像水生鸟的高度

---

① 巴拉顿湖在匈牙利。

在铜的托克酒瓶

之下，低向红和蓝的

涂蜡的帐，度假者们便将喝下，

一个高音喇叭

突然中断声响

它将说出我摆脱另一个世界的姓名。

那是口号像大雨一阵。

（刘儒庭译）

托尔布里奇

在西北风中灰色硝石似的太阳下

托尔布里奇的海鸥

在松恩峡湾的铁拱下鸣叫

重复那赋格的格式

对着细细的支架下的

天空。北方跳上野蛮时代

石头的岛屿，怂恿它的魔鬼

带着真的形象，在它那

长夜似的白日

压榨苹果园的汁。阳光

将木板房

以及铁篱变成一色一式。

至于我的未来

我可以依赖缩写的不可能的

屏蔽，那是外貌构成的屏蔽！

从这一永恒的污染，

在巨石、挪威的树木的

空间，我正寻找无形的时间我不会对大自然

担惊地呼喊。

（刘儒庭译）

哈莱姆 [①] 的黑人教堂

哈莱姆的黑人教堂

在一座楼房的第一层，它

很像一个画家的画室。走进去

像是在购买一个偶像或一个纪念性圣品。

那里有一个装饰的祭坛

像南方的某种蛋糕，上面有圆圆的

红色、蓝色、黄色的斑纹。

神甫在静静地祈祷

白色眼睛看着黑人姑娘

她们神情专注

急切期待着神圣的上帝。一个、两个

像被看不见的气息吹进来

急切地晃着，一会儿向西一会儿向东，

那纯正的十字架，被战胜的或获胜的，

载着她们出窍的灵魂。

着魔似的她们唱着，上帝

---

① 哈莱姆是美国一城镇。

从巴洛克式的云中和人间的烛味中看着她们，

那蜡烛是用她们的希望和痛苦点燃的明灯。

（刘儒庭译）

卡利亚克拉角

保加利亚的多布罗加地区

沿着土路和一层层的死峡湾的

山岩，峡湾在黑海一边，

在一个军用灯塔附近，

卡利亚克拉角的花岗岩在下沉。

外形从半透明的水中

诞生。海豹在扭动，转身

消失在泡沫飞溅的

浪中。我不听传说和神话

说什么世界是消失的

海洋物种和海盗构成。这里

可能将内外划分，

可能把心用在强烈的风景

之外，可能听那水泵的声音

或者敌视的狗的叫声，能抓取

从风中摘下的花，能拒绝韵的

嗡嗡声，这些都同灯笼无关

它那微弱的火焰即将燃尽。

时间没有结束，任何人没有对我读起

大自然的游戏、不平衡，

以及各种规律。卡利亚克拉角你也不可能，你是

海鸥们的峭壁，海豹在高岸边的峭壁。

（刘儒庭译）

寂静不骗人

圣西姆普利恰诺的钟声

委婉动听

集中到我的玻璃窗中。

这钟声没有回声，转了一个

透明的圈，使我想起我的姓名。

我写了词和类似的东西，我想

描绘出生与死的

可能的关系。现世在我之外，

它也只能控制我的一部分。

寂静不会骗我，公式

抽象空洞。应来到的东西都在这里，

如果不是为了你，爱情，

未来已是我不要听的

回声，颤抖着

像是地上的昆虫。

（刘儒庭译）

格伦达洛 ①

格伦达洛的死者们

在凯尔特人的十字架下看着

小朵的乌云

笼罩的山峰。他们说他们逃避春天，

慢慢地听着雨的

倾泻和乌鸦的阴影，

这些乌鸦经过这里追随着

西风的白色

词语。这些死者

是沟壑的朋友，

大海的伙伴，

海在更远处挟着风暴

将波涛挤向月边。凯尔特人的

名字是警报和魔幻的响板。

在河流附近，在太阳之下，

既无风暴也没有南方

---

① 格伦达洛系一谷地，在爱尔兰威克洛郡内。

黄昏的浪漫，

只有一只乌鸦在天上

讥笑，令人想起一个漂亮女人，

她因爱情而在漏斗形屋顶的

凯文修道院里命归西天。

（刘儒庭译）

托斯卡纳的弓弩手

弓弩手们穿着华丽的锦缎

在托斯卡纳地区一座城市的广场，

没有凯旋的锣鼓，

只是用中世纪的箭射着靶的中心

检验自己的命运。小伙子们

用力拉开弓

像恋人一样焦急地让箭飞奔。

他们迅速重复着这求签似的行动。

爱情，我同你在一起，靶上的

箭，在南方之光的

空隙中，透出

古代战争信徒们的

焦急，这箭对我们说人不会死，

人是热爱连续胜利的战士。

（刘儒庭译）

在奇齐克

爱神木的共鸣

在古代死者的绿色

围墙中，那里福斯科洛[①]

在英国人喜欢的时刻

将头放进石棺之中。他的碑

写着生死的日期。对面，

在路的转弯处人们在

北方斜顶木板房酒吧间

喝着啤酒。一个轮在转，

一个老人用槌子敲打桌子。

对福斯科洛亡灵的喜爱

在这里胜过圣克罗切，这爱仍留在流亡地的

圈子之中。胆怯的伦巴第刽子手们

削尖棍子，黑着脸在门框上

衡量这个人

把他当做有益于战争的东西。

（刘儒庭译）

---

① 福斯科洛（1778—1827）意大利诗人、小说家、文艺评论家，积极参加争取祖国独立的活动，多次流亡英法，最后在伦敦附近的奇齐克镇去世。

梅里达的玛雅人

梅里达的热雨下着

浇向玛雅人，在柱廊外

带着带咸味的音节。千百年来

哭泣的人，

渴望文明。小小的人

集中在波浪形的山梁。

他们在冰淇淋

和点心店前嗅着

旧报纸和热带果皮包着的

肥肉的余香。

古老、被遗弃、可笑的或古怪的人，

像小小的塑像

站在罗马教堂的

角落和门旁。他们不会再回到

人们中间，他们依然无限

迟钝。再也不会回来了，他们精疲力竭，他们受了伤，

讲述着他们的梦

他们睡在公园的旧凳子上

睡在做弥撒的教堂，裹着
他们的破旧衣裳。美洲，
西班牙在这堕落的南方
看着他们折断脊梁像死神一样。

（刘儒庭译）

我什么也没有失去

我依旧留在这儿，

太阳在我的背后升起

犹如一头猫头鹰，

大地在你的喉管中

把我的声音播送。

煌煌的白日

再现在重见光明的眼前。

我什么也没有失去。

失去意味着向远方的绮霞走去

沿着潺潺流动的梦幻，

黄叶洒满一江流水。

（吕同六译）

在岛上

一个山坡，时间的
象征，心的镜子
连续不动
它们听着自己的声音，等待
未来的回应。我们的时间
不知不觉间逝去，光线
深入和谐的迷宫。

三月的一天，
一个人从他的树叶床中走出来
去寻找石块和灰浆。
他有撒旦的头发
在水中泛光，口袋里装着黄色
木尺，赤着脚，
他能合上那些下垂的弯，
方框，角上铰住的方框，以及木梁。
工人和建筑师，孤零零一人，
驴驮来石块，一个小伙子

把石块粉碎发出火星。工作了

三四个月

在闷热和大雨来临之前，不分清晨和黄昏。

在岛上的墙上伸起

所有的手，希腊或瑞典的，

西班牙的骨瘦如柴的手，

三伏天和秋天的墙，

所有戴饰品的无名的手

封印的手，我现在看到

特拉比亚①海边房子上的

那些手。垂直的线，

在空中缠绕

在洋槐和扁桃的叶间。

房子之外，下边，在野兔的

黄连木之间，索伦托已死去。

一天我上了这个山丘

同一些小伙子

沿着静静的路。我必须

再发明生活。

（刘儒庭译）

---

① 特拉比亚是西西里岛的一个市镇。

在利古里亚

在你的山上，在青年的

轮中，我建起一条路，

在栗树之上；

挖土工人挖起巨石

赶走毒蛇一大群。

那是南方夜莺歌唱的

夏天，白色的土的夏天，

罗亚河河口的夏天。

我写着事物中

最阴暗的诗句，

我要改变这破坏性，

在你的孤零的叶中

寻找爱的聪颖。

山在崩溃，夏天也在崩溃。

沿着海边

利古里亚的土地仍很贪婪，

作为衡量的是在河边

石上出生者的

动作。但如果利古里亚人

抬起一只手

会把它推向正义的身边。

他有耐性

一切时代忍受悲愤的耐心。

总是航海者

把大海推远，

远离他的住房以按照他水生之子的需要

扩大地盘。

（刘儒庭译）

难以察觉的时间

花园出现了

橘红色，难以察觉的

时间跳着舞

擦过它的外表，

磨盘在水满时

拉开距离

但仍在旋转

一分钟一分钟地

衡量过去

和未来。在成果的漩涡中

时间不一样；

不能倾向身体

它反映着死亡，

弯弯曲曲滑下

很快关上

心扉，书写着

生命的象征。

（刘儒庭译）

一天便可使世界平衡

智慧、死亡和梦想

否定希望。这一夜

在喀尔巴阡山脉间的布拉索夫，在不是我的

树木间我在时间中寻找

一个可爱的女人。闷热

撕碎杨树的树叶

我对自己说着我不懂的词句，

记忆的大地被翻动。

黑人爵士乐，意大利歌曲

飘过德国鸢尾色的天空。

你的声音淹没在

泉水的倾泻声中：

一天便可使世界平衡。

（刘儒庭译）

给安焦拉·玛丽亚的诗

罗西，我的朋友

只有卡图卢斯^①时才有的朋友，

在他的椭圆的有色的镜中，

向你送上鹰爪豆的花，

在漫无边际的晴空。

肯定谈到了你的孤独生活，

在一个童年的地方

在梦的愤怒和为人的命运的

焦虑中。树木边的

窗子把种种形象凝聚，

把种种想法凝聚。也许

在莱齐亚别墅

在清清的空间的时间中

快得像刚把你抓住的快乐，

几乎是一种抓住彩色的规律

在艰难运行。我在莱齐亚别墅

---

① 卡图卢斯（约公元前84—前54），古罗马抒情诗人，善写哀歌体抒情诗，对文艺复兴和欧洲抒情诗的发展有一定影响。

在湖泊和河流的大地，

在不知如何摆脱上天

而又爱光的人之间

穿过树叶看着你的手，

此时你说着满有希望的语言。

也许你那遥远的学校的孩子们

在内心向你呼喊

可变的哲学，尖涩的哲学，

这哲学为你打开了不是灰的音节

而是可见的坚定，

心灵的课程。

你的炽热的手

述说着某些东西

我已听到这些东西难以置信的回声

是在耐心地拥抱的爱情中

失去的每一样东西带来的

惩罚、鲜血、热泪的回声。

青春通向哪里？

有人说仍在怀念之中：

"为了一个花环

我看到的花环，它将使我

为每一朵花叹息声声。"

另外你也不知谁能写出诗句，

是在课堂的一个孩子还是一个可爱的声音，

对你，静静的母亲，

穷人的母亲，但有着丰富的精神。

（刘儒庭译）

鲜花与白杨 ①

我的影子显现在又一家医院的墙上

床头的鲜花

花园里的梧桐与白杨

伴随我消磨长夜茫茫，

猝然凋落了，挂满白霜的黄叶。

爱尔兰的修女们 ②。

绝然不愿谈论死亡，

她们有天赋的青春和高雅，

举止似春风般婀娜潇洒，

誓愿因虔诚的祈祷而愈加纯贞。

我多么像一个流浪人

裹一身戎甲

安然地守护大地。

兴许我就要溘然长逝，

但我乐意聆听

从来不曾理会的生命的真谛，

乐意求索生活的哲理。

诚然我不能挣脱死亡，

我却忠诚于生，忠诚于死，

用我的灵魂，用我的肉体，

不管出现怎样的情况。

时常有什么东西超越我，

如今多么需要坚韧不拔，

啊，苟且偷生，死亡，

寻求它们之间的差异，

该是何等的荒唐。

（吕同六译）

附　录

我的诗学

萨瓦多尔·夸西莫多

吕同六　译

爱，以神奇的力量

使我出类拔萃。

这两行诗的作者，是我国的一位古代诗人，莱蒂尼的雅谷波[①]。

我想借用这两行诗句，作一次颇为艰难的谈话的开篇，对一个表面上看来似乎异常明朗，实际上却相当奥秘的问题，即我的诗歌中反复出现的主题，进行阐释。

"西西里"，或者说，"岛"这个字眼，意味着一种特别的尝试，尝试同外在世界建立和谐，尝试用可能的抒情结构来建立和谐。不妨说，我的故土代表着一种"能动的痛楚"，每当在我的内心深处发生同遥远的、或许已走向感情彼岸的心爱的人的对话时，这能动的痛楚便不由得跃动于我的回忆。不妨再补充一点，兴许正是这个缘故，我诗篇中的各个形象，才始终都是在他们自己特有的语言中映显的；也正是这个缘故，我构想中的对话者就居住在我的山谷，就沿着我的河流漫步。很可能，这不过是含糊其词的说明，不过是一种

[①] 13世纪诗人，是以写抒情诗见长的"西西里诗派"的重要代表。

解决由最简单的数字组成的算术题的意向。然而，可有哪一位诗人不曾给自己筑起一道篱笆，作为现实世界的疆界，作为他清晰的目光可能达到的极限？我的篱笆是西西里。悠久的文明，古墓和石牢，岩盐和硫矿，倒塌于草地的雕像，世世代代为遇害的儿子涕泣的母亲，被遏制的或喷发出来的愤怒，等待爱和死的强盗，全在这道绿篱之内。

我没有去遥远的地方寻觅我的歌。我笔下的景物，既不像神话中那般虚无缥缈，也同高蹈派大相径庭。在我的诗中，有阿纳波、伊梅拉、帕拉塔尼、齐亚内和它们的纸莎草、桉树，有潘塔利卡和它的公元四千五百年以前发掘出来的，"蜂巢般麇集的"墓穴，有杰拉、梅加拉和莱蒂尼。① 爱，永生永世也不容许我把那些地方遗忘。

1946 年，战争的烽火刚刚熄灭，我做了一次至今仍具有现实意义的演说。我主张，诗歌的使命在于重新造就人。我用这个论断——它颇有内容至上主义之嫌——指出了同既往的意大利诗歌和欧洲诗歌相决裂的坐标；历史地看，这对于那些今天犹在与时代的偏见作斗争的诗人的作品，不失为有力的论点。重新造就人，除去道德上的意义，还有着美学上的意义。我们一直致力于给形形色色的诗学划定它们的领域；那最富于生命力的诗学，不只远离毫不掩饰的形式价值，而且，它通过人，去寻求对现实世界的阐释。人的千情百感，对自由的向往，摆脱孤独的渴求，这就是诗歌的崭新内容。

众所周知，诗歌的发展因时而异，诗歌的必要性的根据绝不一

---

① 杰拉、梅加拉、莱蒂尼、阿纳波、伊梅拉、帕拉塔尼、齐亚内、潘塔利卡，均系西西里岛上古老的城镇。

成不变。譬如，叙事诗可以凌驾于抒情诗，或者相反。另外，我们理应重视诗歌反照活动，它同深思熟虑的创造性活动是一致的。我指的是古典诗歌和当代诗歌的翻译。《希腊抒情诗》、维吉尔、荷马、卡图卢斯、埃斯库罗斯、奥维德、《约翰福音》、莎士比亚，[①] 这是在年复一年的劳作中所进行的诗的交流。长年累月地潜心研读，以语言为媒介，最终达到打破语言这堵厚墙的目的。换句话说，由初步的、从语言的侧面接近诗的字句，实现向理解诗的内涵的过渡。不禁锢于"字句的诗学"，而是探讨吟咏的对象实在的、形象的体现。诗歌的纯净——人们这些年来对它已谈论过多了——依我理解，不是颓废派的遗产，而是取决于诗歌率直的、实在的语言。而这正是古典诗人，从叙事诗人到抒情诗人，从古希腊诗人到我们的优秀诗人，直至莱奥帕尔迪[②] 成功的秘诀。

可能会产生这样的错觉，结识不同类型的诗人，结识从古希腊诗人直至维吉尔、荷马和古罗马挽歌诗人，会偏离早已确定的"抒情"这个中心，而滑到"空泛的文体"的边缘上去。这样的错觉是可能会有的，但实际情形并非如此，因为在翻译古希腊或古罗马诗人的时候，我不能不把我的语言，我的结构，还有我的说明，赋予它们。因袭他们的结构，生搬硬套他们的语言，那将会把我的模糊不清，把文学翻译家或自封为文学翻译家的人的模糊不清，赋予它们。而一旦翻译的语言同原著的准确涵义相吻合，即达到语言学最

---

① 　夸西莫多又是一位翻译家，曾翻译维吉尔、荷马、卡图卢斯、埃斯库罗斯、奥维德和莎士比亚的作品，以及《希腊抒情诗》《约翰福音》。
② 　莱奥帕尔迪（1798—1837），意大利19世纪浪漫主义诗人，意大利浪漫主义文学的重要代表，他的诗作闪耀着民族复兴运动理想的光芒。

高意义上的吻合，文学翻译，便始终是诗学。我所说的一切，同那些用经验主义的研究方法，对我的创作进行形式主义批评的观点是背道而驰的。从我最早的诗歌直至近期的诗作，不难发现向语言的实在性转化带来的成熟。涉猎古希腊罗马诗歌宝库，无疑是对我反映现实世界时也许已获得的真实性的证实。

　　语言学家随着时光的流逝而逐渐变得仁慈。当我的《希腊抒情诗》问世的时候，在古典语言学的竞技场上，人们都把左手的大拇指往下按①；然而，同优雅传统的决裂，如今已经无可挽回地发生了。

---

① 古罗马举行角斗表演时，当观众做出把左手的大拇指往下按的手势，便是表示要求处死失败的角斗士。

关于诗歌的谈话

萨瓦多尔·夸西莫多

吕同六　译

哲学家——诗人天然的冤家对头——是偏执于批判意识的本本主义者，他们断言，诗歌，以及所有的艺术，作为自然的作品，无论是在战火纷飞的年代，还是在战后的岁月，都没有经历嬗变。

这是错觉。个中道理在于，战争改变着人的精神生活，在同死亡的较量中，被遗弃了，或者受到了嘲弄，当他从战场归来时，他再也无法在内心生活的 modus^① 中寻得可靠性。

战争以其强劲的力量，呼唤在人的思维中确立一种前所未有的秩序，呼唤最大限度地把握真实，把现实的沧桑变迁镌刻在它的史册上。1918 年，瓦雷里结束了法国诗歌的一个时代，而阿波利奈尔则开始了另一个时代，一个新的时代。邓南遮——这位诗人曾经自觉地宣扬武力——走向衰落的年代，正是他的诗学和语言引发反响的年代。1945 年，隐秘派显现出沉默。自此，开始了"等待"的进程。

哲学家把自己的兴趣倾注于语文学方法。或许，借助对历史的解读，以期获得有关今日意大利诗歌语言的渊源的结论，那是一条

---

① 拉丁语，意为生活方式。

正确的道路。

在安切斯基①看来，反邓南遮的最初转折和新 ars poetica②胴腴的乐音，可以追溯到"新抒情诗"的作者坎帕纳③和后继者黄昏派④诗人，而翁加雷蒂⑤（他的《愉悦》，不妨说并非隐秘派诗歌），则被同某种可能的传统路线联系起来。

安切斯基是在追随他的导师朱塞佩·德·罗贝尔蒂斯⑥的观点。模糊的、巴洛克式的解读，导致批评家对意大利文学史上具体的、积极的诗歌时代的价值，得出含糊的结论，导致他们撰写出令人不安的资料。选择，正是一种批评行为。

那么，诗人都是怎样的人呢？他们在当代世界上又代表着什么？他们是在艺术的纯形式中跟影子玩游戏，还是随着认识和时间的进展，而把生活同文学冶于一炉？批评家更偏爱理智的答案，而不是诗学的进程。他们自以为在象征和彼特拉克式的巴洛克中识别了诗才和文采。不过，文学是"自我反射"，而诗歌则是"自我创造"。诗人惟有在获得"非常规的"经验之后，才能作为文学的参与者而存在。韵律和技巧的金科玉律经受的突破，既在情理之中，又有悖情理。

诗人以自己的自由和真实变革世界。早在荷马的声音传播于希

---

① 安切斯基（1911—1995），意大利文学批评家、美学家。
② 拉丁语，意为"诗艺"。
③ 坎帕纳（1885—1932），意大利杰出的现代抒情诗人。
④ 黄昏派，又译微暗派，20 世纪初叶意大利诗派，追求诗歌的散文化，抒写平淡的生活。
⑤ 翁加雷蒂（1888—1970），意大利隐秘派诗歌重要代表。
⑥ 德·罗贝尔蒂斯（1888—1963），意大利文学批评家，佛罗伦萨大学教授，《呼声》杂志主编。

腊之前，荷马已经"造就"希腊的文明。"形式的历史即词语的历史"一说，永远不会过时，即使诗人的历史一旦终结，也是如此。诗人在文化领域是同其他人结伴而行的，这不止对于他的声音，对于他声音的节奏（如果这节奏被模仿，立刻即被识破），而且对于他的"内容"，都是至关重要的。

诗人并不"说话"，而是提炼自己的心灵和自己的认识。他让自己的这些奥秘"存在"，让它们从隐秘走向公众。诗人是否享有现代祖国赋予他的权利，他是否能为人师表，或者相反，他们只是冷眼相看早已失去生命力的风格和文学范畴的运动的过客？谁也没有告诉我们这些，批评家们只是重复毫无特色的公式和似曾相识的东西，而对人的形象兴趣索然。诗歌是人。批评，作为想象的逻辑学，难以研究诗歌，因为诗歌并不"节制"美好的虚构，它并不热衷于虚妄，而只对真实表现出热忱。

1945 年诞生的新一代，面对既有的诗学，竟突然发现自己处于寻找不到导师以继续诗歌创作的境地。人文主义传统被排除了，新一代开辟了一种新的文学态势，它不能不令那些关注意大利文化命运的人感到惊奇。这一回，寻找新的语言，同热切地寻找人，是吻合的。从根本上说，在 1946 年展开的"重新铸造人"，重新铸造被战争欺骗的人，并不是道德意义上的事情，因为道德无法建立诗学。

现今我们面临社会诗歌的繁荣，社会诗歌面向人类社会广泛的群体。社会诗歌不是社会学诗歌，因为在诉诸心灵和理性的力量的时候，没有一位诗人会把从事社会学研究作为自己的理想。但丁、彼特拉克、福斯科洛①、莱奥帕尔迪，写下了许多在文明史上的某个特定阶段所需要的社会诗歌。而新一代的诗歌，我们姑且称之为社会诗歌，更多地追求对话，而不是独白，这是对戏剧诗歌，对戏剧的一种基本"形式"的需要。朱洛·德·阿尔卡莫②的对歌，西西里诗派③的《哀歌》，足以说明同当时的普洛旺斯诗派④"决裂"的情状。新诗也许会成为戏剧的或叙事的（在现代意义上）诗歌，而不是箴言式的诗歌或社会学诗歌。

我们还记得提尔泰奥斯⑤，他呼吁青年人站到为祖国而战斗的第一线，因为老人的尸体不堪入目，而牺牲的青年人的尸体则是美的。在文学领域，新一代确实从任何方面来看都是具有倾向性的，新的"内容"是有分量的，但内容在历史进程中又受到制约。诗人明白，今天不可能写作牧歌或者星占式抒情诗。幸运的是，诗人们不再受到他同时代的，企图指点这种或那种答案，竭力庸俗化的批评的困扰，这是一心要预先为诗歌提供答案的批评，是主宰诗歌的哲学。

黑格尔曾经写道，艺术在死亡，因为艺术消融于哲学之中，也就是说，消融于思想之中，而今天可能让人感到，诗歌趋向于在诗

---

① 乌戈·福斯科洛（1778—1827），意大利诗人、小说家，他的作品是拿破仑时代意大利社会、文化情态的生动写照，他被誉为意大利浪漫主义文学的先驱者。
② 朱洛·德·阿尔卡莫，13世纪西西里骥歌诗人，他的对歌《鲜艳的玫瑰》是意大利是早的优秀民间抒情长诗。
③ 13世纪下半叶，腓特烈二世任德意志和西西里王国国王。腓特烈二世是一个近代型的君主，富有探索精神，他的宫廷成为意大利第一个世俗的文化中心，在这里形成了西西里诗派。该诗派诗人利纳多·阿奎那的《哀歌》，抒写一名青年女子在情人出征后复杂的内心感受，从一个侧面反映出十字军东征时期人民的生活和思想情绪。
④ 13世纪初从法国南部普罗旺斯流入意大利的骑士抒情诗歌。
⑤ 提尔泰奥斯，公元前7世纪希腊诗人。他所作的战歌、进行曲、哀歌，激励斯巴达为保卫祖国而战斗。他的《劝诫诗》向青年人发出召唤：英勇杀敌为祖国而战，死于前线最美好。

歌的"思想"之中消失。

在外国读者看来，我们的诗歌传统从来像一堵难以穿透的厚墙，诗人沉浸于挽歌式的作品，脱离他的本性所具有的真挚情感，从而消耗了大好时光。在对意大利诗歌保持了 40 年的沉默之后，欧洲开始重新阅读我们的诗歌作品，不是隐秘派诗歌（作为一个流派而言），而是那些向人们提出问题或回答人们的问题的诗歌作品，这是一九四三年、一九四四年、一九四五年的诗篇。

这种兴趣应当归结为当代人共同的感情和目标的反映么？那么，这是不是某种伦理方面的，难以把握的关注？我不认为是这样。问题不在于语言的操作，而是诗歌的责任感，在莱奥帕尔迪之后，诗歌的责任感模糊了。

说到"现实的"语言，我在有关但丁的著述中，曾再次呼吁注意"纯朴风格"的持久力量。因为，《神曲》的语言如果植根于"温柔的清新体"①，那么，它在同现实的、人类的接触中获得了净化。但丁创造的形象致力于表现不再属于古典世界的悲剧性事件，虽然表现这些形象的方式，有着深思熟虑的根基，但丁的经验确实是意大利文学和文明的最高标志，它被彼特拉克和 16 世纪的大文学家们所吸取。

批评家们提出种种的理论，试图用他们的艺术观的尺度来造就诗人，他们自以为有能力把诗歌变为科学，而人所共知的事实是，诗人迫使批评家们的科学服从于诗人的"非常规的"本性。

---

① 温柔的清新体，中世纪意大利抒情诗派，但丁早年为温柔的清新体诗人。

葛兰西①从他被囚禁的监狱的黑暗之中，以明亮的目光，看到了世界的文学"根据"。对于社会而言，诗人的立场不能够是消极的，他"改变"世界。他创作的那些有力的形象，远比哲学和历史更强烈地叩动人们的心灵。正是由于自身的美的效能，由于它的使命感同它的完美休戚相关，诗歌便转化为伦理。写诗意味着接受评判，而审美的评判也蕴含着诗歌所引发的社会反应。不过，诗人之所以成为诗人，乃是因为他不放弃自己在特定的地域、特定的时期的存在。诗歌意味着那个时代的自由和真实，而不是情感的抽象变调。

战争使文化发生断裂，并提出了关于人的新的价值；而如果武器今天依然藏匿着，那么，诗人同大众的对话就是必要的，它比科学，比各国之间所签订的，而随时可能被撕毁的协议更为必要。1945 年以后的意大利诗歌，就其特质来说，是"合唱"性质的。它的韵律丰富宽广，使用常见的语汇抒写现实世界，有时近于叙事诗。它由于向摒弃意大利诗歌的伪传统的多样形式开放，而使自己陷于艰难的境地。如今，意大利诗人面对政治家们的惊恐不安和道德沦丧的编年史，保持着沉默。

---

① 葛兰西（1891—1937），意大利共产党创始人，马克思主义理论家，曾被法西斯囚禁达十一年之久。

获奖演说

萨瓦多尔·夸西莫多

吕同六　译

在我的心目中，瑞典始终是每一位诺贝尔奖获得者的第二祖国，接受这项奖金意味着接受现代文明独一无二的、光辉的荣誉。瑞典，诚然是仅仅拥有数百万人口的国家，但事实上，没有一个别的国家能够成功地倡立和推行这样一项堪称具有广泛意义的典范和蕴含着如此巨大的精神的、实际的力量的奖金。

诺贝尔奖是很难获得的，它激发着各个国家的各种政治力量的热情，作家、诗人和哲学家从它身上发现自己的存在和力量的象征。野蛮用杀人凶器和混乱的思想武装自己，然而，文化仍然有能力粉碎它的每一次进攻。

现在，我置身于北方悠久的文明的代表者之中，这一文明在它艰难曲折的历史进程中，是同为争取人类自由而献身的仁人志士们并肩战斗的；这一文明哺育了赋有人道主义精神的国王和王后，哺育了伟大的诗人和作家。

这些伟大的古代和当代诗人，虽然反映的是他们情感世界中的急流湍滩，是令他们惴惴不安的各种问题，但他们今天已广为意大利人所熟知。这些诗人植根于斯堪的纳维亚民族富于寓意的、神话般的土壤，他们的名字虽然于我是很难正确发音的，但却是那么音韵铿锵，如今这些名字已深深铭记在我们的精神世界里。他们的诗章向我们抒发的声音，比那些已经衰败的或者堕落在文艺复兴时期修辞学尘埃里的文明所发出的声音，远为坚定、明确。

我的演说不是赞美词，也无意用巧妙的方式逢迎主人，而只是对欧洲的精神特性发表评论。我以为，瑞典和瑞典人民，以他们正确的选择，始终不渝地向世界文化发起挑战，始终不渝地致力于变革世界文化。

我曾经说过，诗人和作家以变革世界为己任。人们或许会认为，这个观点只在一定条件下才成为真理，甚至会断言它是傲慢的推理。然而，只要看一看诗人在他所生活的社会里和在其他地区所激发的巨大反响，人们对这个观点所持的惊慌不安或心悦诚服的态度就是不难理解的了。

正如诸位所知，诗歌诞生于孤独，并从孤独出发，向各个方向辐射；从独白趋向社会性，而又不成为社会学、政治学的附庸。诗歌，即便是抒情诗，都始终是一种"谈话"。听众，可以是诗人肉体的或超验的内心，也可以是一个人，或者是千万个人。相反，情感的自我陶醉只是回归于封闭圈一样的自我，只是借助于叠韵法或者音符的、随心所欲的游戏来重复那些在业已退色的历史年代里他人早已制造的神话。

今天，我们有可能就其本质的涵义来谈论这个世界上的新人道主义；如果说诗人置身于世界这个物质构造的中心，而且是它的主人，并用理性和心灵来完善它，那么，诗人难道还应当被视为危险人物么？疑问不是雄辩的象征，而是真理的省略表现。今日的世界似乎在同诗歌对立的彼岸建立秩序，因而，对于它来说，诗人的存在是必须铲除的障碍，是务必打倒的敌人。尽管如此，诗人的力量却水银泻地般地向社会的各个方面渗透、扩展。如果说文学游戏是对任何人类情感的逃避，那么，洋溢着人道主义精神的诗歌却断然不会发生这等的情形。

我始终这样想，我的诗既是为北半球的人，又是为黑非洲人和东方人所写的。诗歌的普遍价值，首先表现于形式，表现于风格，或者说表现于诗篇的聚合力，同时也体现于这样一个方面，即一个人为同时代的其他人所做的贡献。诗歌的普遍价值不是建立在观念或者偏执的伦理上，更不应当建立在道德说教上，而是表现于直接的具体性和独树一帜的精神立场。

对于我来说，美的观念不仅寓于和谐，而且寓于不和谐，因为不和谐同样可以达到美的艺术高点。请想一想绘画、雕塑或音乐，这些艺术门类在美学、道德和批评方面的问题是完全相同的，对美的赞赏或否定所依据的准则也很相近。希腊的美已被现代人所损害，现代人在对一种形式的破坏中去追寻另一种形式，去模仿生活，而这种模仿只是止于自然的动态而已。

至于诗人，这是大自然独特的而又非尽善尽美的造物，他借助人们的语言，严谨而绝非虚幻的语言，逐步地为自己建立现实的存在。人生的经验（情感和物质生活两方面的）起初往往蕴含着陌生的精神迷茫、微妙的心灵不平衡，蕴含着因置身于堕落的精神环境而萌发的忧郁不安。学者和批评家攻击诗人，说诗人从来只会写些"言不由衷的日记"，玩弄世俗的神学，批评家还断言，那些诗章只不过是"新技艺"精心制作的成品，这"新技艺"、新语言，是赶时髦的新鲜玩意儿；诗人大约是凭借着这种方式，把那些被孤独所包围的冷冰冰的事物展示出来，迫使人们接受孤独。这样说来，诗人岂不是制造了恶劣的影响？也许是。因为仅仅阅读新诗人的一首诗，你又怎能赢得世人的理解与共鸣？而神经脆弱的批评家又害怕十五首或二十首组诗的真实。

对于"纯粹"这一观念，依然需要进行研讨，尤其是在这政治上四分五裂的世纪，诗人遭遇着困窘、非人的命运，他们心灵萌发的作品往往被认为是狂想曲，从而遭到怀疑。

我这篇演说的宗旨，不是为了建立一种诗学，或者确立某种美学的尺度，而是为了向这个国家最坚毅、为我们的文明做出崇高贡献的人士，向我方才提到的，而眼下我正置身于其间的第二祖国，表示我的深切的敬意。

我愿借此机会，向瑞典国王和女王陛下、皇太子殿下和瑞典皇家科学院表示敬意和感谢。皇家科学院十八位学识渊博而严峻无私的评判家决定褒奖我的诗歌，他们给予意大利以崇高的荣誉；在从本世纪初上半叶直至最新一代的年月里，意大利诞生了异常丰富多姿的文学、艺术和思想作品，而这些正是我们文明的基石。

夸西莫多生平与创作年表

吕同六　编

1901 年　8 月 20 日，出生于意大利西西里岛南部锡腊库扎城。但有的评论家认为他实际上诞生于拉古萨省莫迪卡镇。祖母是希腊移民后裔。父亲加埃塔诺·夸西莫多是意大利国营铁路一个小车站的站长。

1908 年　12 月，墨西拿海湾发生大地震。父亲奉令调动，携全家赴墨西拿城火车站工作。

1915 年　两首处女作诞生：抒情小诗《黎明》《海之歌》。

1916 年　考入西西里首府巴勒莫技术学校。开始发表抒情诗。

1917 年　和友人创办小型文学月刊《新文学报》。转入墨西拿技术学校。

1919 年　离开西西里，前往罗马，进入罗马工学院学习。但不久为生活所迫，中断学习，从事各种职业。和比采·朵涅蒂结婚。

1926 年　被分配到劳工部卡拉布里亚大区土木工程局，担任测绘员。

1929 年　应妹夫、著名作家维多里尼邀请，前往佛罗伦萨，结识当地文人学士，和"隐秘派"诗人蒙塔莱建立友谊。

1930 年　3 月，在佛罗伦萨进步杂志《索拉里亚》发表诗作。

随后，由该杂志出版第一部诗集《水与土》。

1931 年 转入因佩里亚省土木工程局。为热那亚文学刊物《俱乐部》撰稿人。

1932 年 第二部诗集《消逝的笛音》出版。获佛罗伦萨"古钟奖"。

1934 年 在撒丁岛短期居住后，转入米兰土木工程局。同米兰的文学家、画家、音乐家广泛交游。

1936 年 第三部诗集《厄拉托与阿波罗》问世。

1938 年 离开工作了十二年之久的土木建筑工程部门。担任著名作家、电影编剧柴伐蒂尼的秘书。随后，进入《时报》编辑部任文学编辑，并为"隐秘派"主要刊物《文学》撰稿人。

1939 年 由于从事反法西斯活动，被《时报》所属蒙达多里出版社解雇。同时，与"隐秘派"另外两名代表人物蒙塔莱、翁加雷蒂遭到法西斯喉舌《法西斯制度》和其他官方刊物的攻讦。

1940 年 《希腊抒情诗》翻译出版，诗人安切斯基作序。诗集受到进步文学界好评，遭到学术界非议。

1941 年 鉴于在文学领域的出色成就，被聘任为米兰威尔第音乐学院意大利文学教授。

1942 年 诗集《瞬息间是夜晚》出版，收入《水与土》《消逝的笛音》《厄拉托与阿波罗》三个集子。
同法西斯夜间巡逻队发生冲突。转入半地下状态。

维吉尔《农事诗选》翻译出版。

1945 年　反法西斯抵抗运动胜利结束。

　　　　加入意大利共产党，但后来未再办理例行的党证更换手续。

　　　　《若望福音》、《奥德修记》（节译）、卡图卢斯《歌集》翻译出版。

　　　　论文《彼特拉克的孤独感》发表。

1946 年　妻子比采·朵涅蒂逝世。

　　　　经常在意共《团结报》《再生》发表诗歌和评论。

　　　　索福克勒斯《俄狄浦斯王》翻译出版。

1947 年　诗集《日复一日》问世。

1948 年　同玛丽娅·库马尼结婚。

　　　　莎士比亚《罗密欧与朱丽叶》翻译出版。

　　　　主持《火车头》周刊戏剧专栏。

1949 年　诗集《生活不是梦》出版。

1950 年　获圣巴比拉文学奖。

　　　　转入《时报》，主持戏剧专栏，直至 1959 年。

1952 年　《聂鲁达诗选》、莎士比亚《麦克白》《理查三世》翻译出版。

　　　　论文《但丁》发表。

1953 年　获埃特纳 – 陶尔米纳诗歌大奖。

　　　　《关于诗歌的谈话》发表。

1956 年　诗集《虚假的绿与真实的绿》问世。

莎士比亚《暴风雨》翻译出版。

1958 年 诗集《乐土》出版，获意大利最权威的维亚雷焦文
学奖。

美国诗人肯明斯《诗选》、法国喜剧家莫里哀《伪君子》
翻译出版。

编纂《意大利战后诗歌》。

应邀访问苏联。心脏病突发，送入莫斯科鲍特金医院
治疗，直至翌年春天。

1959 年 莎士比亚《奥赛罗》、奥维德《变形记》（节译）翻译
出版。

获诺贝尔文学奖。

1960 年 评论集《诗人与政治家》出版。

被墨西拿大学授予名誉博士学位。

主持《小时》周刊"与读者谈心"专栏，直至 1964 年。

从 1960 年至 1968 年，相继访问欧洲、美洲许多国家。

1961 年 《戏剧论集》出版。

1963 年 欧里庇得斯悲剧《赫卡柏》翻译出版。

1966 年 最后一部诗集《给予和获得》出版。

莎士比亚《安东尼奥与克莱奥帕特拉》、欧里庇得斯
《赫拉克勒斯的儿女》翻译出版。

1967 年 被英国牛津大学授予名誉博士学位。

1968 年 6 月，主持阿玛菲文学奖授奖大会时，脑溢血突发，
送那不勒斯抢救无效，14 日逝世。

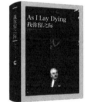

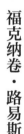

鼠疫
〔法〕阿尔贝·加缪 / 著
李玉民 / 译
定价：48.00元

局外人
〔法〕阿尔贝·加缪 / 著
李玉民 / 译
定价：45.00元

第一人
〔法〕阿尔贝·加缪 / 著
李玉民 / 译
定价：48.00元

卡利古拉
〔法〕阿尔贝·加缪 / 著
李玉民 / 译
定价：50.00元

西绪福斯神话——论荒诞
〔法〕阿尔贝·加缪 / 著
李玉民 / 译
定价：35.00元

戈拉
〔印〕泰戈尔 / 著
唐仁虎 / 译
定价：65.00元

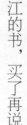

纠缠
〔印〕泰戈尔 / 著
倪培耕 / 译
定价：48.00元

沉船
〔印〕泰戈尔 / 著
杉仁 / 译
定价：53.00元

泡影
——泰戈尔短篇小说选
〔印〕泰戈尔 / 著
倪培耕 / 译
定价：58.00元

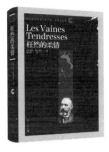

背德者·窄门

[法] 纪德 / 著
李玉民 / 译
定价：46.00元

伊恩·汉密尔顿行军记

[英] 温斯顿·丘吉尔 / 著
刘勇军 / 译
定价：48.00元

河战

[英] 温斯顿·丘吉尔 / 著
王冬冬 / 译
定价：60.00元

从伦敦，经比勒陀利亚，到莱迪史密斯

[英] 温斯顿·丘吉尔 / 著
张明林 / 译
定价：50.00元

我的非洲之旅

[英] 温斯顿·丘吉尔 / 著
张明林 / 译
定价：42.00元

特雷庇姑娘

[德] 保尔·海泽 / 著
杨武能 / 译
定价：55.00元

紫罗兰

[捷克] 雅罗斯拉夫·塞弗尔特 / 著
星灿 劳白 / 译
定价：59.80元

磨坊

[丹麦] 吉勒鲁普 / 著
吴裕康 / 译
定价：69.80元

明娜

[丹麦] 吉勒鲁普 / 著
吴裕康 / 译
定价：50.00元

诺贝尔文学奖作家文集 ⊙ 保尔·海泽卷·塞弗尔特卷·吉勒鲁普卷

诺贝尔文学奖作家文集 ⊙ 叶芝卷 · 显克维奇卷 · 梅特林克卷

漓江的书，买了再说！

第二次来临
——叶芝诗选编

〔爱尔兰〕W.B.叶芝 / 著
裘小龙 / 译
定价：68.00元

第三个女人

〔波兰〕亨利克·显克维奇 / 著
林洪亮 / 译
定价：88.00元

你往何处去

〔波兰〕亨利克·显克维奇 / 著
林洪亮 / 译
定价：88.00元

花的智慧

〔比〕莫里斯·梅特林克 / 著
周国强 谭立德 / 译
定价：46.00元

大教堂凶杀案

[英] T.S.艾略特 / 著

李文俊 袁伟 / 译

定价：52.00元

 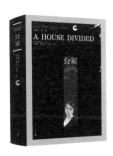

儿子们

[美] 赛珍珠 / 著

韩邦凯 姚中 顾丽萍 / 译

定价：68.00元

分家

[美] 赛珍珠 / 著

沈培锱 唐凤楼 王和月 / 译

定价：68.00元

漓江的书，买了再说！

诺贝尔文学奖作家文集 ⊙ 艾略特卷·赛珍珠卷

老人与海
〔美〕欧内斯特·海明威 / 著
李文俊 董衡巽 / 译
定价：47.00元

老虎！老虎！
〔英〕吉卜林 / 著
文美惠 / 译
定价：69.80元

大盗巴拉巴
〔瑞典〕帕尔·拉格奎斯特 / 著
沈东子 / 译
定价：52.00元

侏儒
〔瑞典〕帕尔·拉格奎斯特 / 著
沈东子 / 译
定价：54.00元

图书在版编目（CIP）数据

水与土 /（意）萨瓦多尔·夸西莫多著；吕同六，
刘儒庭译 . -- 桂林：漓江出版社，2025. 6.--（诺贝尔文
学奖作家文集）. -- ISBN 978-7-5801-0223-2

Ⅰ. I546.25

中国国家版本馆 CIP 数据核字第 2025EN4177 号

SHUI YU TU
水与土

[意] 萨瓦多尔·夸西莫多　著
吕同六　刘儒庭　译

主　　编　张　谦

出 版 人　梁　志
责任编辑　张睿智
装帧设计　石绍康
责任监印　黄菲菲

出版发行　漓江出版社有限公司
社　　址　广西桂林市南环路 22 号
邮　　编　541002
发行电话　010-85891290　0773-2582200
邮购热线　0773-2582200
网　　址　www.lijiangbooks.com
微信公众号　lijiangpress

印　　制　北京中科印刷有限公司
　　　　　[北京市通州区宋庄工业区 1 号楼 101 号　邮编：101118]
开　　本　880 mm × 1230 mm　1/32
印　　张　12.125
字　　数　248 千字
版　　次　2025 年 6 月第 1 版
印　　次　2025 年 6 月第 1 次印刷
书　　号　ISBN 978-7-5801-0223-2
定　　价　65.00 元